Arthur Schnitzler

Reigen

〔奥〕阿尔图尔·施尼茨勒 著

张玉书 译

轮舞

上海译文出版社

目　录

第一场

妓女和士兵

[夜晚，在河边公园的桥旁。

士兵吹着口哨走来，正想回军营去。

妓女　来呀，我的漂亮的天使。

[士兵回过头来，又继续往前走。

妓女　你不想跟我一起走吗？

士兵　啊，敢情我就是那个漂亮的天使啰？

妓女　那当然，不是你是谁呢？去你的，跟我走吧。我就住在这儿附近。

士兵　我没工夫，我得回军营去。

妓女　到军营去什么时候都来得及，在我这儿可比在军营强啊。

士兵　(走到她身边)啊,这倒是很可能的。

妓女　嘘,警察随时随地都会出现。

士兵　真可笑!警察,我也有一把手枪啊!

妓女　去你的,跟我来吧!

士兵　别跟我闹了,我没钱。

妓女　我不要钱。

士兵　(站住,两人站在路灯旁)你不要钱?那么你往后靠什么过日子呢?

妓女　那些老百姓会给我钱的。像你这样当兵的总是免费在我这儿过夜的。

士兵　啊,你原来是这么一个人。胡伯就跟我讲起过你这样的人。

妓女　我不认得什么胡伯。

士兵　你准是这么个人。你知道船舶巷子的咖啡馆吗?他就是从那儿跟你一起到你家里去的。

妓女　哼,我跟好些人一起从咖啡馆到我家里去过。

士兵　那咱们走吧!走吧!

妓女　怎么啦,现在你倒着起急来了?

士兵　你说,咱们等什么呢?十点钟的时候我得回到营里。

妓女 你当了几年兵了？

士兵 这跟你有什么相干？你住的地方远吗？

妓女 走路十分钟就行了。

士兵 那太远了。亲我一下吧！

妓女 （吻他）这就是我最喜欢的了，我要是喜欢谁，我就亲他。

士兵 我可不喜欢，不，我不跟你去了，路太远了。

妓女 这么着，你明天下午来吧！

士兵 好吧，把你的地址告诉我。

妓女 哼，可是到最后你又不来了。

士兵 我说来就准来。

妓女 这么着，今儿晚上到我那儿去你要是嫌太远，那儿，那儿。（指一指多瑙河）

士兵 那是什么玩意？

妓女 那边可安静着呢。现在没人会来的。

士兵 啊，不过，这，这可不怎么合适。

妓女 跟我在一起，怎么样都是合适的。去你的，你现在就待在我身边吧，谁知道我们明天还活不活啊。

士兵 那来吧，可是得快点。

妓女 小心点儿，黑着呢。你要是脚下一滑，那可就躺到多瑙河里去了。

士兵 那才好呢!

妓女 嘘!你倒是等一会儿啊,我们马上就到一张椅子那儿去。

士兵 这地方你倒挺熟啊!

妓女 我真希望有你这么一个人做情人呢!

士兵 我会叫你忙得不可开交的。

妓女 这事儿,我会让你戒掉的。

士兵 哈哈。

妓女 别那么大声。有时候呀,警察瞎走瞎闯会摸到这儿来的。你以为我们是在维也纳市中心吗?

士兵 所以来吧!来吧!

妓女 你想到那儿去,要是滑上一跤,那我们就都要沉到水里去了。

士兵 (把她一把抓住)啊,你……

妓女 紧紧地搂着我吧!

士兵 别害怕。

……

妓女　要是在椅子上那就舒服多了。

士兵　在哪儿不一样，使劲儿吻我吧。

妓女　你干吗急着跑啊？

士兵　我得回营去了，现在已经太晚了。

妓女　去吧，你，你叫什么来着？

士兵　我叫什么你感兴趣吗？

妓女　我叫莱阿卡齐娅。

士兵　哈哈，这样一个名字我还从来没有听见过呢。

妓女　瞧你！

士兵　嘿，那你要什么呢？

妓女　去你的，你起码得给我六个芬尼吧！算是给我楼里看门的。

士兵　哈哈，你以为我是你的阔佬哪！再见吧，莱阿卡齐娅！

妓女　该死的！混蛋！

［士兵消失在黑暗里。

第二场

士兵和使女

［普拉特尔公园，星期天的晚上。一条道路从公园通向昏暗的林荫道。这里还可以听见从普拉特尔公园传来的杂乱的音乐声。也可以听见《五分钱舞曲》的乐声，是由管乐队演奏的，一曲通俗的波尔卡舞曲。

士兵和使女上。

使女　现在，您倒跟我说说，干吗您非走不可。

［士兵尴尬地笑着，一副傻相。

使女　这儿跳舞不是挺美吗？我特别喜欢跳舞。

［士兵搂着她的腰。

使女 （让他搂着）现在咱们又不跳舞，您干吗把我搂得这么紧啊？

士兵 您叫什么名字呀！卡蒂吧！

使女 您脑子里尽想着一个卡蒂。

士兵 噢，我知道，我知道了……您叫玛利。

使女 您呀，可这儿真黑，我都害怕起来了。

士兵 只要跟我在一起，您就不用害怕。感谢天主您跟我在一起。

使女 可是咱们到哪儿去呢？已经一个人也没有了，来吧，咱们还是往回走吧——这儿那么黑！

士兵 （吸了一口他的维吉尼亚雪茄烟，烧红的烟头亮了起来）一会儿就会亮起来的！哈哈！啊，我的宝贝儿！

使女 啊，您干什么呀？要知道您这样，我就不来了。

士兵 要是今天在斯沃波达那儿有人比您还够劲儿，玛利小姐，那就让魔鬼把我抓走吧。

使女 您跟所有的姑娘都试过了吗？

士兵 跳舞的时候不是都看见了吗？那一下子可以看见很多呢，哈哈。

使女 您跟那个歪脸的金发小姐跳舞的次数就比跟我跳的

次数多。

士兵 啊,那是我一个朋友的老相识。

使女 您是说那个长着翘胡子的军曹吧?

士兵 啊,不。我那朋友是个老百姓,您知道吗,就是起先跟我坐在一桌,说起话来哑声哑气的那个。

使女 啊,我知道了,他是个非常放肆的家伙。

士兵 他有没有对您撒野呀!那我就要给他点颜色看看了。他把您怎么了吗?

使女 啊,没有。我只不过看见他对别的姑娘动手动脚来着。

士兵 您说,玛利小姐……

使女 您的雪茄烟都快把我烧着了。

士兵 对不起,玛利小姐,咱们还是互相称"你"[1]吧。

使女 咱们又不是那么熟的朋友。

士兵 有好多人其实关系也不怎么好,可是都互相称"你"来着。

使女 下一次,等我们……可是弗朗茨先生。

士兵 您已经记住我的名字了?

---

① 德语中互相称你,表示熟悉和亲近。

使女 可是弗朗茨先生……

士兵 您就管我叫弗朗茨吧，玛利小姐。

使女 那您就别这么放肆，嘘！有人来了。

士兵 有人来也没事，隔两步远谁也看不见谁。

使女 看在天主的分上，咱们到底是往哪儿走啊？

士兵 您瞧，前头不是有两个人跟我们一样吗？

使女 哪儿呀！我什么也看不见。

士兵 那儿……就在咱们前面。

使女 为什么您说"两个人跟我们一样"？

士兵 瞧，我的意思是说，他俩也是相好。

使女 您倒是小心点儿啊！这是什么啊？我差点要摔倒了。

士兵 啊！这是草坪上面的小栏杆。

使女 您别那么使劲推啊！我都摔倒了。

士兵 嘘，别吵。

使女 瞧您，现在我可真要嚷了，您这是干什么呀……可是……

士兵 现在这儿远近一个人也没有。

使女 那咱们就回到有人的地方去吧。

士兵 咱们现在什么人也不需要，玛利，我们要的是……这个……哈哈哈。

使女 可是，弗朗茨先生，求您看在天主的分上，您瞧您，要是我知道您是这样，那我就不来了。啊，啊，来吧！……

士兵 （得意洋洋地）我的上帝啊……啊……

使女 ……您的脸我一点儿都看不见。

士兵 什么，脸……

……

士兵 啊，玛利小姐，您不能老躺在这草地上。

使女 去你的，弗朗茨。拉我一把。

士兵 好吧，快来吧！

使女 噢，天主啊，弗朗茨。

士兵 怎么啦，弗朗茨怎么啦？

使女 你真是个坏家伙，弗朗茨。

士兵 是啊，是啊，走吧，你稍微等我一会儿。

使女 你干吗放开啊？

士兵　瞧，我总可以点上我的雪茄吧。

使女　这儿可真黑呀。

士兵　明天一早又会亮起来的。

使女　你至少得告诉我，你到底喜欢我吗？

士兵　嘿，那你自己总已经感觉到了吧，玛利小姐。哈哈！

使女　咱们现在去哪儿呀？

士兵　往回走呀。

使女　我求你别走得这么快。

士兵　哟，怎么啦？我不大喜欢摸黑走路。

使女　弗朗茨，你说，你喜欢我吗？

士兵　我刚才不是说过了吗，我喜欢你！

使女　去你的，你不想亲我一下吗？

士兵　（仁慈地）好吧……你听，现在咱们又可以听见音乐的声音了。

使女　你难道又想去跳舞了？

士兵　那当然，不跳舞去干吗？

使女　是呀！弗朗茨，你瞧，我得回家了，我的东家已经要骂人了，我家太太是个刻薄鬼，她恨不得我成天在家干活永远不出去。

士兵　那好吧，你就干脆回去吧。

使女　我刚才还以为，弗朗茨先生，您会送我回家呢。

士兵　送你回家？啊！

使女　您走吧，一个人回家够伤心的。

士兵　您住在哪儿来着？

使女　住得不远，在瓷器巷子。

士兵　是吗？噢，那咱们是同路，不过现在还太早，现在回去还太早，我今天还有时间，十二点钟以前我用不着回军营，我还想去跳会儿舞。

使女　当然了，我已经知道了，现在该轮到那个歪脸的金发小妞跟你跳舞了。

士兵　哈哈，其实，她那张脸并不怎么歪。

使女　啊，天主啊，男人都没好货。什么？您肯定跟每一个女人都这样。

士兵　你这话可说过头了。

使女　弗朗茨，我求您，今天别去跳了，今天您就陪陪我吧，您瞧……

士兵　行啦，行啦，陪你就是了。可是，舞我总还可以去跳会儿吧。

使女 我今天再也不跟别人跳舞了。

士兵 瞧,他已经来了。

使女 谁来了?

士兵 斯沃波达呀,你看,多快呀,咱们又到这儿来了,他们还在演奏音乐呢。塔达拉达,塔达拉达。(跟着一起唱)要是你愿意等我,那我就送你回家,要是不等,那就再见了。

使女 好吧。我等你。

[他们又进入舞厅。

士兵 您看怎么样,玛利小姐,让他们给您送杯啤酒来吧。(一个金发女郎正和一个伙子跳着舞从旁边经过,士兵转过身去,用非常纯正的德语,对姑娘)小姐,可以请您和我跳支舞吗?

第三场

使女和少爷

[炎热的夏日午后，少爷的父母亲已到乡间避暑。厨娘外出了。使女在厨房里，给她那个当兵的情人写信。少爷的房间里响起铃声。使女站起身来，走进少爷的房间。少爷躺在榻上，抽着烟，在读一本法文小说。

使女 少爷，您叫我吗？

少爷 啊，是的，玛利，是的，我刚才打了铃。是的……我想什么来着，啊，是的，请您把百叶窗放下来，玛利，放下百叶窗，屋里会凉快点儿。

[使女走到窗前，放下百叶窗。

少爷 （继续读书）您在干什么呀，玛利？哎呀，这下可是什么也看不见，什么也念不成了。

使女 少爷总是这么用功呀。

少爷　(态度高雅,假装没有听见这句话)啊,好,这就行了。

[使女下。

少爷打算接着往下念书,可马上又把书放下,再打铃。

使女上。

少爷　哎,玛利,我想跟您说什么来着?对了……家里有甜酒吗?

使女　有,但都锁起来了。

少爷　钥匙在谁那儿?

使女　在莉妮那儿。

少爷　莉妮是谁呀?

使女　厨娘呀,阿弗雷德先生。

少爷　啊,那您就跟莉妮说吧。

使女　好的,可莉妮今天出去了。

少爷　啊,是这样……

使女 要不要我给少爷从咖啡馆点杯酒来?

少爷 啊,不了。啊,已经够热的了,我不要甜酒了,这样吧,玛利,您给我拿杯水就行了。嘘,玛利,您先打开龙头把水放一会儿,等冷水出来,再给我打来。

[使女下。

少爷目送着她,使女走到门口,扭过头来,看看少爷,少爷假装不去看她。使女打开水龙头让水一个劲儿地流。这时候,她回到自己的小屋里,洗洗手,在镜子面前整理一下她那蜗牛形的鬓发,然后给少爷端来一杯水。她走到卧榻边。

少爷 (半撑着身子,使女把杯子放在他的手里,两个人的手指碰在一起)好,谢谢。噢,怎么啦?您小心点儿,把杯子放到那张桌子上去。(又躺下去,伸手伸脚地躺在榻上)现在都几点了?

使女 五点了,少爷。

少爷 是吗,五点了,啊,很好。

［使女走开，在门口她又转过身来，少爷目送着她，使女发现少爷在看她，脸上露出了微笑。

少爷躺了一会儿，突然站起身来，他走到门口，又退回来，躺在卧榻上。他又设法继续看书，过了几分钟，他又打铃。

使女出场时，脸上带着微笑，她并不想掩饰她的笑容。

少爷 玛利，我是想问您，今天上午许勒大夫是不是来过了。

使女 没有，今天上午谁也没来过。

少爷 是吗，真奇怪。那么说，许勒大夫没来过，您到底认识这个许勒大夫吗？

使女 当然认识，不就是那位先生吗？个子挺高，还留了一副黑色的大胡子。

少爷 是的，说不定他来过了吧？

使女 没有。谁也没有来过，少爷。

少爷 （下定决心）您过来，玛利。

使女 （走近一点儿）您要什么，少爷。

少爷 靠近点儿，再过来点儿，啊，我只是以为……

使女 少爷，您要什么呀？

少爷 我以为……只是我以为……我只是想看看您这件衬衫……这是一件什么样的衬衫……您再靠近点儿，我不会咬您的。

使女 （走到他身边）我的衬衫怎么了？少爷不喜欢吗？

少爷 （抓住她的衬衫，同时把使女拉到他的榻上坐下）蓝色的，啊，这个颜色可真漂亮。（干脆地）你今天打扮得可真漂亮呀，玛利。

使女 瞧您，少爷。

少爷 嚯，怎么啦？（把使女的衬衫解开，就事论事地）您的皮肤又白净又漂亮，玛利。

使女 少爷，您这是奉承我呀。

少爷 （吻使女的胸部）这总不会把您弄疼吧。

使女 啊，不会。

少爷 我瞧您直呻吟，还以为您觉得疼呢，那您为什么直呻吟呀！

使女 啊,阿弗雷德先生。

少爷 您脚上穿的鞋可真俏。

使女 噢,少爷,要是门外有人打铃……

少爷 现在谁会来打铃呀?

使女 可是,少爷,您瞧这屋里那么亮。

少爷 您在我面前别不好意思,啊,如果一个人长得像您这么漂亮,根本在什么人面前也用不着害臊。是的,凭我的灵魂起誓,玛利,您知道吗,您的头发还有一股子怪好闻的香味儿呢。

使女 阿弗雷德先生。

少爷 您别扭扭捏捏的,玛利,我还看见过您另外的样子呢。不久前,有一天夜里,我回家后去拿水喝,您房间的门正好开着……

使女 (用手捂着脸)啊,天主啊,我真不知道,阿弗雷德先生会这么坏。

少爷 哈,我可瞧见了不少东西,这个……这个……这个……这个……

使女 哎呀,阿弗雷德先生。

少爷 来吧,来吧……所以……这样……这样……

使女 要是现在有人打铃怎么办?

少爷 您现在别跟我来这套,大不了不给他开门呗……

……

[传来门铃声。

少爷 他妈的……这小子把铃打得这么响。不过说起来这人刚才已经打过铃了,我们俩没听见就是了。

使女 啊,我一直留神着呢。

少爷 那您就去看看吧。从那个瞭望孔往外看一下。

使女 阿弗雷德先生,您可真,不,真坏。

少爷 请您,请您去看一看嘛……

[使女下。

少爷赶快把百叶窗拉起来。

使女 (又上)反正这人又走了。现在没人再来了,说不定刚才就是许勒大夫。

少爷 （心里不是滋味地）好吧，行了。

［使女挨近少爷。

少爷 （挣脱她）哎，玛利，我现在到咖啡馆去。

使女 （温情脉脉地）现在就去呀，阿弗雷德先生。

少爷 （严肃地）我现在到咖啡馆去，要是许勒大夫来的话……

使女 他今天再也不会来了。

少爷 （更严肃地）要是许勒大夫来的话，告诉他，我……我……我在咖啡馆。（走进另外一间房间）

［使女从烟桌上拿起一根雪茄烟揣在兜里，下。

第四场

少爷和少妇

[晚上,施文特巷子一幢房子里的一间客厅。摆着时髦的家具,可是品位俗不可耐。

少爷刚刚走进客厅,头上还戴着帽子,身上还穿着大衣,就点燃了蜡烛,然后打开通向隔壁房间的门,往里面瞅了一眼。客厅里的烛光照进过道里,一直射到一张双人床上。这张床靠在间隔的墙边,卧室的一个犄角里有座壁炉,里面射出红光,照在床的帷幔上。少爷也查看了一下卧室,他从穿衣镜那里拿来喷雾器,把紫罗兰香水喷洒在床上的软垫上。然后他又拿着喷雾器走遍两个房间,不停地摁着那个小橡皮球,于是不久到处都散发着紫罗兰的香味。然后,他脱下大衣和帽子,坐在一张蒙着蓝天鹅绒的圈手椅里,点上一支香烟,抽起来。隔了一小会儿,他又站起身来,去看一看绿色的窗帘拉严了没有。突然间,他又走进卧室,打开床头柜的一个抽屉。他把手探进去，找到一枚玳瑁发针，他想找个地方把它藏起来，最后把它塞进自己的大衣口袋里。然后，他打开客厅里的一个柜子，取出一个银盘，上面放着一瓶甜酒和两个玻璃杯。他把这些东西全都放在桌上。他又走到放大衣的地方，从口袋里掏出一个小小的白纸盒。他打开白纸盒，把它放在甜酒旁边，又走到柜子那儿去，拿出两个小盘子和两副刀叉。他从那纸盒里取出一粒浇了糖浆的栗子，吃了起来。然后，他给自己倒了一杯甜酒，一饮而尽。接着他看看手表，在屋子里踱来踱去。他在墙上那面大镜子前站了一会儿，从口袋里掏出一把小梳子，梳理一下头发和他的小胡子。然后，他走到前室的门边，仔细倾听了一下。没有动静。这时门铃响了。少爷吓了一跳。他又坐回圈手椅里。等到房门打开，少妇走进屋，他才站起身来。

少妇蒙着厚厚的面纱，把身后的房门关上，站了一会儿，她用左手捂着心口，仿佛想定定神。

少爷 （向她走去，执起她的左手，在那黑白花纹的绣花手套上吻了一下,轻轻地)我谢谢您。

少妇 阿弗雷德——阿弗雷德!

少爷 您来吧,夫人。您来吧,埃玛太太……

少妇 噢,您让我再静一会儿,定定神,求您,哦,我求您,阿弗雷德!(一直站在门边)

[少爷站在她的面前,握着她的手。

少妇 我到底在什么地方啊?

少爷 在我身边。

少妇 这房子太可怕了,阿弗雷德。

少爷 为什么可怕?这是一幢非常高雅的房子。

少妇 我在过道里碰见了两位先生。

少爷 是熟人吗?

少妇 我不知道,可能是熟人吧!

少爷 对不起,夫人,您的熟人您总认识吧。

少妇 我什么也没看清。

少爷 即使是您最好的朋友,他们也不可能把您认出来呀。我自己……要是不知道您就是……您,这层面纱多厚呀。

少妇 这是两道面纱。

少爷 请您先进屋里来吧,好吗?您至少可以把帽子脱下来吧!

少妇 您想到哪儿去了,阿弗雷德,我已经跟您说过了,就只待五分钟,不行,不能待得更久,我向您发誓。

少爷 那么这层面纱。

少妇 两层面纱呢。

少爷 那好吧,两层面纱,那我至少可以看看您的脸吧。

少妇 那您喜欢我吗,阿弗雷德?

少爷 (深受侮辱地)埃玛,您怎么问我这样的问题……

少妇 哦,这屋里可真热呀!

少爷 您身上还穿着皮大衣呢,您这样会着凉的。

少妇 (终于走进房间,一屁股坐在圈手椅里)啊,我累死了。

少爷 请您允许我。(给她脱掉面纱,从帽子上摘下发针,把帽子、发针和面纱放在一边)

[少妇听他摆布。

少爷站在她面前，直摇头。

少妇 您怎么啦？

少爷 您从来没有像现在这样美丽。

少妇 这话怎么说。

少爷 和您，埃玛，和您单独地在一起。（在她的圈手椅边单膝跪下，握住她的双手，吻个不停）

少妇 现在，现在您让我走吧，您所要求于我的，我都做到了。

［少爷把他的头靠在少妇的膝上。

少妇 您曾经答应过我，乖乖地，不闹。

少爷 是的。

少妇 哦，在这屋子里，简直都要闷死了。

少爷 （站起来）您身上还穿着皮大衣呢。

少妇 您把我的大衣跟帽子放在一起。

［少爷接过她的大衣，也放在卧榻上。

少妇 现在，再见吧。

少爷 埃玛！埃玛！

少妇 五分钟早已过去了。

少爷 您还一次都没有吻过我呢！

少妇 阿弗雷德，请您确切地告诉我，现在几点了。

少爷 现在是六点一刻。

少妇 哎呀，这时候我早就该在我姐姐那儿了。

少爷 您经常可以去看您的姐姐呀……

少妇 啊，天主，阿弗雷德，您为什么要引诱我走到这一步。

少爷 因为我崇拜您，埃玛。

少妇 您这话已经跟多少女人说过了？

少爷 自从看见了您以后，我就没有跟任何人说过。

少妇 哎，我这个女人怎么如此轻佻！要是有人事先告诉我，哪怕是在几天以前，哪怕是在昨天告诉我，我会做这样的事情……

少爷 前天，您就已经答应我了。

少妇 您把我折磨得好苦啊。我根本不愿意做这种事，天主可以为我作证——我真不愿意做这种事情，昨天我下定了决心——您知道吗——我昨天晚上甚至还给您写了一封长信呢?

少爷 我没收到什么信呀!

少妇 我又把那封信给撕了。啊,我还是不把这封信寄给您的好。

少爷 还是不寄的好。

少妇 啊,不,我这样做……真是丢人啊。我现在自己都弄不明白我是怎么了。再见,阿弗雷德,您让我走吧。

［少爷把她抱住,热烈地吻着她的脸。

少妇 哦,您得遵守您的诺言……

少爷 再吻一下,再吻一下……

少妇 这是最后一吻了。

［少爷吻她,少妇回报一吻,两个人的嘴唇久久地贴在一起。

少爷 您要我跟您说点儿什么吗,埃玛?我现在才知道,什么是幸福。

［少妇又往后靠倒在圈手椅里。

少爷 （坐在圈手椅的扶手上，一只手臂轻轻地搂着少妇的脖子）或者不如这样说，我现在才知道，幸福的内容会是什么。

［少妇深深地叹了口气。

少爷又吻她。

少妇 阿弗雷德，阿弗雷德，您把我变成一个什么人了？

少爷 这儿并不是那么不舒服吧，是不是？我们在这儿是这样的安全！这可比在野外幽会要强千百倍了吧。

少妇 噢，您千万别让我回忆起这一切。

少爷 我总是怀着无比快乐的心情来想起这些事情，对我来说，在您身边度过的每一分钟，都是一个甜蜜的回忆。

少妇 您还记得那场企业家的舞会吗？

少爷 我是不是还记得那场舞会？那次进晚餐时，我就坐在您的身边，和您挨得那么近，您的丈夫把香槟……

［少妇埋怨地望着少爷。

少爷　我只不过想谈谈香槟酒。请您告诉我，埃玛，您是不是也想喝一杯甜酒啊？

少妇　喝那么一小口吧。不过，请您先给我一杯水。

少爷　好的。水在哪儿呢？啊，对了……

［少爷打开房门，走到卧室里。

少妇目送着他。

少爷手里拿着一瓶水和两个杯子回来。

少妇　您刚才在哪儿呀？

少爷　在……在隔壁房间里。（给她倒了一杯水）

少妇　现在我倒要问您一句话了，阿弗雷德，您向我发誓，一定跟我说实话。

少爷 我向您发誓。

少妇 是不是有另外一个女人,曾经在这间屋子里待过。

少爷 埃玛——这幢房子造在这儿都已经有二十年了!

少妇 您心里明白,我指的是什么,阿弗雷德,我是说,跟您一起!跟您待在一起。

少爷 跟我,在这儿?埃玛!哎呀,您竟然会想到这种事情,这可是不好呀。

少妇 这么说,您曾经,我该怎么说呢。哎,不,我还是不问的好,是我自己不好,这叫报应。

少爷 您怎么了?您怎么了?什么报应?

少妇 不,不,不。我心里不应该想这样的事情……要不然我简直没脸见人,恨不得钻到地洞里去。

少爷 (手里拿着水瓶,悲哀地摇摇头)埃玛,您真不知道,您使我多么难受。

[少妇给自己斟了一杯甜酒。

少爷 我想跟您说句话,埃玛,如果在这儿让您感到羞愧,如果我对您来说是可有可无的人,如果您没有感觉到,您对我来说,意味着这个世界上所有的幸福,您最好还是走吧。

少妇 是的,我就要走了。

少爷 (抓住少妇的手)可是,您如果知道,没有您,我就活不下去,吻一吻您的手,要胜过世界上所有女人的柔情蜜意,那就好了。埃玛,我不像别的年轻人,净会献殷勤,说奉承话,我也许太幼稚了……我……

少妇 可要是您也和别的年轻人一样,那怎么办?

少爷 那您今天就不会在这儿——因为您跟别的女人不一样。

少妇 您怎么知道我和别的女人不一样?

少爷 (把少妇拉到卧榻边,坐在她身边)关于您的事我想了许多。我知道您很不幸。

[少妇高兴起来。

少爷 生活是这样的空虚,毫无意义。而且又是如此的短暂,短暂得可怕,世界上只有一种幸福,那就是找到一个能爱你的人……

[少妇从桌上拿起一个糖汁梨送到嘴里。

少爷 把一半给我吧。

[少妇用嘴唇把半个梨递给他。

少妇 （抓住少爷的两只正打算乱摸乱动的手）您在干什么呀，阿弗雷德？这就是您的诺言吗？

少爷 （吞下梨，更加放肆）生命是如此的短暂。

少妇 （声音微弱地）可是这并不是理由……

少爷 （机械地）啊，是的。

少妇 （声音更加微弱）您瞧，阿弗雷德，您不是曾经答应过，要规规矩矩的吗？屋里这么亮。

少爷 来吧，来吧，我唯一的、绝无仅有的心上人。（把少妇从卧榻上抱起来）

少妇 你要干什么呀？

少爷 里头那间不是那么亮。

少妇 还有一间屋子呀？

少爷 （拽着她走）一间漂亮的屋子，黑极了。

少妇 那我们宁可待在这儿。

[少爷已经把她拉到门后——在卧室里，解她腰上的衣带。

少妇 您可真……天主，您把我变成一个什么样的人了，阿弗雷德！

少爷 我崇拜你，埃玛。

少妇 那你倒是等一会儿啊，你至少得等一会儿呀……（有气无力地）你走开，待会儿我叫你。

少爷 让我，让你，让我，（连连地把话说错）让我帮你脱吧。

少妇 你把我衣服全都撕破了。

少爷 你没围束胸？

少妇 我从来不围束胸，也从来不穿衬裙。不过你可以帮我把鞋扣解开。

[少爷给她解开鞋扣，吻她的脚。

少妇 （钻进被子）啊，我冷死了。

少爷　马上就会暖和起来的。

少妇　(轻轻地笑)你真的那么想吗?

少爷　(有点觉得不愉快,自言自语)这话她其实还是不说的好。(摸黑脱了衣服)

少妇　(柔声柔气地)来吧,来吧,来吧!

少爷　(这一来马上情绪又好了一点)啊,马上就来。

少妇　这儿全是紫罗兰的香味儿。

少爷　你自己就是紫罗兰……是的,(对少妇)你自己就是。

少妇　阿弗雷德,阿弗雷德!

少爷　埃玛……

……

少爷　显然我是太爱你了,是的,我简直像发了疯似的。

少妇　……

少爷　这些天我早就像个疯子似的,我已经预感到这一点了。

少妇　你别在意。

少爷　啊,没什么,这种事情不言而喻是会发生的,如果一个人……

少妇　别说了，别说了，你太紧张了，先平静一下吧……

少爷　你读过司汤达吗？

少妇　司汤达？

少爷　《爱情的心理学》这本书，读过吗？

少妇　没有，你干吗问我这个？

少爷　啊，在这本书里有段故事，是非常说明问题的。

少妇　什么样的故事啊？

少爷　有一群骑兵军官聚在一起。

少妇　是吗。

少爷　他们都谈到自己的艳遇，每个人都说，在他最喜欢的，你知道吗，在他爱得最狂热的女人身边，他爱她，呃，她爱他，简而言之吧，每个人在这个女人身边都碰到过和我现在同样的情形。

少妇　是的。

少爷　这是非常典型的。

少妇　是的。

少爷　这还没完呢。有一个人，他说，在他整个一生中还从来没有发生过这样的事情，可是，司汤达又补充了一句，这小子是一个臭名昭著的吹牛老手。

少妇 啊，是吗？

少爷 可是，讨厌就讨厌在，尽管这种事情是无所谓的，可是它使人扫兴。

少妇 当然，你其实知道……你曾经答应我，一定老老实实。

少爷 去你的，别笑，这于事无补。

少妇 可是，我没笑，我没笑你，司汤达书里讲的那件事的确非常有趣。我一直以为只有上了年纪的人，或者是那些非常……你知道吗，就是那些酒色过度的人才会这样。

少爷 你胡想些什么呀。跟这一切毫无关系。话说回来，我刚才可把司汤达那本书里最最优美的故事全给忘了。这帮骑兵军官里面有那么一位，他甚至说，他跟一个女人在一起足足三个晚上，说不定还是六个晚上，唉，我记不清了，这是他朝思暮想渴望了好几个礼拜的女人，你知道吗，渴望已久。他们在一起的这几个晚上，什么事儿也没干，就是幸福得哭个不停，一连哭了几个晚上，两个人一起哭。

少妇 两个人一起哭？

少爷 是啊，你觉得奇怪吗？我觉得这是完全可以理解的。正因为他们彼此爱得如此深切。

少妇 可是肯定有许多人，这种时候并不哭。

少爷 （烦躁地）那当然……我说的这个故事是个例外的情况。

少妇 啊，我还以为，司汤达说，所有的骑兵军官在这种场合都非哭不可呢。

少爷 你瞧，你现在又在取笑我了。

少妇 你想到哪儿去了！你别这样孩子气好不好，阿弗雷德！

少爷 这只不过使我心烦而已……同时，我有这样一种感觉，你老是不断地在想这件事情，这使我特别不好意思。

少妇 我压根儿就没有想这件事情。

少爷 啊，那好吧，要是我能够确信你是爱我的，那就好了。

少妇 你还需要有更多的证明吗！

少爷 你瞧，你老是取笑我。

少妇 怎么说我取笑你呢？来吧，把你的俊俏的额头伸过来给我吻一下。

少爷 唉，这才叫人舒服呢！

少妇 你喜欢我吗？

少爷 啊，我简直幸福极了。

少妇 但你用不着也为此而哭。

少爷 （从少妇身边走开，非常生气地）你又来了，你又来了，我这样地求你……

少妇 我是对你说，你用不着为此哭……

少爷 你说的是："也"为此而哭。

少妇 你太神经质了，我的宝贝儿。

少爷 这我知道。

少妇 可是，你不应该神经质。其实这样我更喜欢，也就是说我们两个像两个好朋友似的。……

少爷 你又在讲这件事了。

少妇 你难道忘了吗？这是我们最初几次谈话的内容。我们想做好朋友，仅此而已。啊，那时候是多么美好呀！那是在我姐姐家里，是一月份，在那场盛大的舞会上，跳四组舞的时候，我的天呀，我早就应该离开这儿了……我姐姐还等着我呢，现在叫我怎么跟她说呢……别了！阿弗雷德……

少爷　埃玛，这么说，你要离开我了！

少妇　是这样！

少爷　再等五分钟吧……

少妇　好吧，再等五分钟。但是你得答应我，坐在那儿不动，好吗？分手的时候我会再给你一个吻……嘘……静一点儿，我跟你说过了别动，要不然，我马上就起来，啊，我的甜蜜的宝贝儿……

少爷　埃玛，我的……崇拜的……

……

少妇　我的阿弗雷德！

少爷　啊，在你身边，真像在天堂里一样。

少妇　可是现在我真得走了。

少爷　哎，让你姐姐等着吧。

少妇　我得回家了，到我姐姐那儿去早已太晚了，现在到底几点钟了？

少爷　是啊，你问我，我怎么会知道呢？

少妇 你得瞧瞧表呀。

少爷 我的表在大衣里。

少妇 那去拿呀。

少爷 (使劲地站了起来)八点。

少妇 (腾的一下站了起来)天啊,赶快,阿弗雷德,把袜子给我,哎呀,现在该叫我怎么跟他们说呢?家里面肯定都在等我了……都八点了……

少爷 我什么时候跟你再见面呢?

少妇 永远也不见面了。

少爷 埃玛,难道你已经不再爱我了吗?

少妇 正因为我爱你。快把鞋给我。

少爷 再也不见面了?鞋在这儿。

少妇 在我的口袋里有一个鞋拔,请你赶快去拿一下。

少爷 鞋拔在这儿。

少妇 阿弗雷德,这样做,会让咱们俩送命的。

少爷 (非常不自在)怎么会呢?

少妇 是的,要是他问我:“你从哪儿来?”我该怎么跟他说呢?

少爷 就说从你姐姐家来呀。

少妇 是啊，要是我能撒谎就好了。

少爷 咳，你非撒谎不可呀。

少妇 这一切就都是为了你这么一个人，哎，过来，让我再吻你一下。（拥抱少爷）现在让我一个人待在这儿，你到隔壁房间去，你在这儿，我没法穿衣服。

［少爷走进客厅，在那儿穿衣服。吃块点心，喝杯甜酒。

少妇 （过了一会儿，叫道）阿弗雷德！

少爷 我的宝贝儿。

少妇 我们刚才没哭，这样反倒更好。

少爷 （不无傲气地微笑着）你怎么能这样轻佻地谈这些事情……

少妇 要是我们两个又偶然地在社交场合见面了，那会怎么样呢？

少爷 偶然又见面……你明天肯定也到洛普海默家里去吧？

少妇 是的，你也去吗？

少爷　当然，到时候我可以请你跳个舞吗？

少妇　啊，我不会去的。你在想什么呢？我会，唉，（已经穿戴整齐，走进客厅，拿起一块巧克力点心）我会羞愧得找个地洞钻进去的。

少爷　那么明天在洛普海默家见，这可真妙呀。

少妇　不，不，我去回绝，肯定不去……

少爷　那么后天……到这儿来。

少妇　你胡思乱想些什么呀！

少爷　六点钟……

少妇　在这个拐角外停着马车吧？是不是？

少爷　是的，你要多少有多少。那么，后天下午六点到这儿来，你倒是答应我呀，我亲爱的宝贝儿。

少妇　……我们明天跳舞的时候再谈吧。

少爷　（拥抱少妇）我的天使！

少妇　别把我的头发又弄乱了。

少爷　那么明天在洛普海默家见面，后天，你就躺在我的怀抱里。

少妇　再见……

少爷　（突然又担起心来）那你今天怎么跟他说呢？

少妇　别问了，别问了，太可怕了，我干吗要这样爱你呢。再见。要是我在这过道里又碰到人的话，简直遭了霹雳。咳！

［少爷再一次吻她的手。

少妇下。

少爷　（一个人留下来，然后坐在卧榻上，暗自微笑，自言自语）现在，我可是和一个良家妇女有了爱情关系了。

第五场

少妇和她的丈夫

［一间舒适的卧室，夜里十点半，少妇躺在床上念书。丈夫身穿睡衣，正好走进屋来。

少妇 （头也不抬）你不再工作了？

丈夫 不了，我太累了。再说……

少妇 嗯？

丈夫 我坐在书桌旁，突然感到非常寂寞，我想念起你来了。

少妇 （抬起头来）真的吗？

丈夫 （坐在床边，挨着少妇）今天别再看了，你要把眼睛看坏的。

少妇 （把书合上）你有什么事儿呀？

丈夫 没事儿，我的心肝儿，我爱你爱得不行，这你也知道。

少妇 有时候我简直把这一点给忘了。

丈夫 有时候甚至于还非把这点忘记不可。

少妇 为什么？

丈夫 因为，要是不忘记这点的话，那么婚姻就会变得不太完美，它将变成，我该怎么说才好呢？它将失去其神圣性。

少妇 啊……

丈夫 请你相信，的确是这样，要是我们在婚后共同生活的这五年里，有时候不是忘记我们曾经非常相爱的话，那我们根本就不会再相爱了。

少妇 你这个道理对我来说太深奥了。

丈夫 简单说来事情是这样的：我们两个相互之间说不定又有了十次或者十二次热恋的经历……你难道没有这样的感觉吗？

少妇 我没数过。

丈夫 要是我们在第一次钟情的时候，就尝遍了爱情的全部甜蜜，要是我一开头就完全没有个人意志地屈从于我对你的激情，那我们两个人现在就和成百万其他的情侣一样，我们之间的关系就算完了。

少妇 哦，你原来是这个意思？

丈夫 听我说，埃玛，在我们婚后最初的日子里，我就担心，我们会落到这一步。

少妇 我也这样担心。

丈夫 你瞧，我说的对不对，所以我们隔一段时间便仅仅处于一种非常良好的友谊之中来共同生活，那不是很好吗？

少妇 啊哈，原来是这样。

丈夫 因此我们总是可以不断地经历新的蜜月，因为我从来也不主张，把蜜月……

少妇 延长好几个月。

丈夫 说得对。

少妇 可现在……这么说，一次友谊时期看来已经过完了，是吗？

丈夫 （温柔地把少妇搂在怀里）是这样。

少妇 可是……要是我不是这样想呢。

丈夫 你也不可能不这样想，你是世界上最聪明、最迷人的女人，我找到了你，真是无比幸福啊。

少妇 你又会献殷勤了，这倒是一件好事，你是隔些日子，献献殷勤。

丈夫 （也准备上床）对于一个走南闯北见过世面的男人来

讲——把你的头靠在我的肩膀上——对于一个见过一番世面的男人来讲，实际上，婚姻对我们比对你们这些名门闺秀来说要神秘得多。你们嫁给我们的时候非常纯洁，至少在某种程度上不谙世事，因此你们对于爱情的本质看得比我们更加清晰，更加明白。

少妇 （大笑）啊。

丈夫 哎，的确是这样，因为我们在婚前不得不经历各式各样的事情，这些事情把我们弄得晕头转向。你们听了不少知道得太多，读书读到的东西也太多，但是你们对于我们这些男人事实上所经历的那些事情并没有一个正确的概念，你们没有这样的概念。人们笼统地称之为爱情的这个东西，已经使我们对它彻底反感了。因为我们以前所碰到的那些女人，归根到底都是些什么东西啊！

少妇 是啊，都是些什么样的东西呢？

丈夫 （吻吻少妇的额头）你应该高兴，我的心肝儿，你，对于这样一些环境从来都是一无所知的。不过话说回来，这些女人大多数都很值得同情，我们不要对她们指责过严。

少妇 啊,请你说说,这同情是怎么回事。我觉得这同情可不怎么合适呀。

丈夫 (口气十分温和)这些人是值得同情的,你们这些名门闺秀在父母亲的保护下,可以安安静静地等待着渴望娶你们为妻的丈夫——你们不知道,这些可怜的女人,大多数是被贫困逼迫才投入罪孽的怀抱。

少妇 于是她们大家就去卖身?

丈夫 我不想这么说,我指的也不仅仅是物质上面的穷困,我想说的是,还有一种道德上面的贫困,也就是说,她们对于什么是被允许的,特别是对于什么是高贵的,有一种错误的理解。

少妇 那么为什么这些女人值得同情呢?她们的日子过得也不错呀?

丈夫 我的心肝儿,你的这些观点非常古怪,你不应该忘记,这些女人由其本性决定,会沉沦得越来越深,那是没有挽救的余地的。

少妇 (偎依在丈夫身上)显然她们沉沦得非常愉快。

丈夫 (听了很不自在)埃玛,怎么能这么说?我想,对于你们这些品行端正的女人来说再也没有比这些道德败坏的女人更使你们感到反感的了。

少妇 那当然,卡尔,当然,我只不过这么说说而已,你接着说吧,听你这么说话真叫人舒服,再跟我说点儿什么吧。

丈夫 说什么呢?

少妇 嗯,就说说这些个女人吧。

丈夫 你怎么会有这个怪念头。

少妇 瞧,我很早的时候,你记得吗,在我们认识之初,我就一个劲儿地求你,叫你跟我谈谈你的青年时代。

丈夫 为什么你对这个感兴趣呢?

少妇 你难道不是我的丈夫吗,我对你的过去根本一无所知,这难道不是很不公平的吗?

丈夫 你总不会把我当做一个这样无聊的人,让我——啊,够了,埃玛……讲这样的事情简直是一种亵渎的行为。

少妇 可你,谁知道你就像现在拥抱我这样,已经拥抱过多少别的女人了。

丈夫 你别说"别的女人",只有你一个人才是我的女人。

少妇 可是有一个问题你总应该回答我,要不然……要不

然……要不然咱们这蜜月就算吹了。

丈夫 你说话总是这副腔调，你想想看，你都已经当上母亲了，而我们的小女儿就睡在里屋呢……

少妇 （偎依在丈夫身上）可是我还想生个儿子呢。

丈夫 埃玛！

少妇 去你的，别这么绷着脸……我当然是你的女人，但是我也愿意多多少少当一下你的情妇。

丈夫 你想当我的……情妇。

少妇 好了——先回答我的问题吧。

丈夫 （顺从地）什么问题呢？

少妇 在你的情妇当中有没有有夫之妇啊？

丈夫 怎么啦？你这是什么意思？

少妇 你也知道。

丈夫 （稍稍地感到不安）你怎么会想出这么个问题来！

少妇 我想知道，是不是……据说，有这样一种女人……这我知道……那么你是否……

丈夫 （严肃地）你认得这样一个女人吗？

少妇 啊，我自己也不知道。

丈夫 说不定在你的女友当中有这样一个女人？

少妇　是的，我怎么能够肯定地说有还是没有呢？

丈夫　说不定你的女友当中有这么一个人曾经跟你说过，女人在一起的时候，有时是会说一些什么事情的。是不是有人曾经向你承认过？

少妇　（不安地）没有。

丈夫　那你是不是对你的某一个女友产生过这样的怀疑，认为她……

少妇　怀疑……啊……怀疑。

丈夫　看上去似乎有点像。

少妇　肯定没有，卡尔。绝对没有，我现在考虑一下——我不相信她们当中有人会有这样的事。

丈夫　谁也没有这样的事？

少妇　在我的女友当中肯定谁也没有这样的事。

丈夫　埃玛，你答应我一件事。

少妇　什么事？

丈夫　答应我，只要你对一个女人产生了那么一点儿怀疑，认为她不是过着一种无可指责的生活，那你就永远不要跟她来往。

少妇　我难道还需要向你保证吗？

丈夫 我也知道你是绝对不会跟这样的女人交往的，但是由于偶然的机会，碰巧你……是啊，这种事情甚至会经常发生，就是说，恰恰是这些名声不太好的女人，总要想办法跟一些正派女人交往。有的是为了给自己脸上贴金，有的是由于一种，是由于某种……我该怎么说才好呢？是由于一种对美德的怀念。

少妇 是吗？

丈夫 是的，我想，我刚才说的这些话是非常正确的，对美德的怀念，因为这些女人，其实都非常的不幸，这个你可以相信我。

少妇 为什么不幸？

丈夫 埃玛，你还会问这样的问题，你怎么能这样问，你倒好好想想，这些女人都过着一种什么样的生活，充满着谎言、诡计、卑鄙，而且危机四伏。

少妇 那当然，这你说得很对。

丈夫 的确是这样，她们为了这一丁点儿幸福付出了代价，为了一丁点儿……

少妇 欢乐。

丈夫 为什么是欢乐呢？你怎么会想到把这个称作欢

乐呢?

少妇 那么,多少总有点欢乐吧,要不然她们也不会这么干呢。

丈夫 什么也不是,无非是一种醉意。

少妇 (沉思地)一种醉意。

丈夫 不,甚至于都不是醉意,不管怎么说,反正是付出了高昂的代价,这是肯定的。

少妇 那么,你也曾经干过这样的事儿,是不是?

丈夫 是的,埃玛,这是我最悲伤的回忆。

少妇 那女人是谁呢?告诉我!我认得她吗?

丈夫 你怎么会有这样古怪的想法?

少妇 这已经是很久以前的事了吗?在你和我结婚以前很久吗?

丈夫 别问,我求你,别问。

少妇 可是,卡尔!

丈夫 她已经死了。

少妇 这话当真?

丈夫 是的,这话听起来简直很可笑,不过我有这样的一种感觉,所有这种女人差不多都年轻夭折,不得长寿。

少妇 你很爱她吗?

丈夫 撒谎的女人我是不爱的。

少妇 那么为什么你会……

丈夫 一种醉意……

少妇 这么说,你到底还是爱她的?

丈夫 别再说这件事儿了,我求你,所有这一切早已成了往事,我只爱一个人——这就是你,人们只爱纯洁和真实的女人。

少妇 卡尔。

丈夫 哦,在这样一个女人的怀抱里,我感到多么安全,多么舒服啊,为什么我在孩提时代没有认识你呢?我想,要是我早就认识了你,那么根本就不会再去正眼看其他的女人。

少妇 卡尔!

丈夫 你长得多美……多美啊!啊,来吧……(把灯关掉)

……

少妇 你知道吗,今天我不由地想到了什么?

丈夫　我的宝贝儿，你想到什么啦？

少妇　想到……想到……想到威尼斯。

丈夫　想到初夜……

少妇　是的……这样地……

丈夫　什么呢？你倒是说啊！

少妇　你今天是这样地爱我。

丈夫　是的，是很爱你。

少妇　啊，要是你总是这样……

丈夫　（在少妇的怀抱里）怎么样？

少妇　我的卡尔！

丈夫　你指什么？要是我总是？

少妇　那个呀。

丈夫　那个，是什么呢，我如果总是这样？

少妇　那我就永远知道，你爱着我。

丈夫　是的。不过，这点你也必须知道，我不能够永远当一个钟情、热恋的丈夫，我有时候也得到充满敌意的人世间去，去战斗，去追求。这点你永远不要忘记，我的心肝儿！在伉俪生活中一切都有自己的时间，这恰好就是伉俪生活中美好的地方，并不是许多人在结婚五年之后，还会回忆起他们的威尼斯的。

少妇 那当然。

丈夫 现在，我的心肝儿，睡觉吧，晚安！

少妇 晚安。

第六场

丈夫和甜姐

［里特霍夫饭店的一个单间，陈设漂亮、舒服而又不过分，煤气炉烧得很旺。

上一场的丈夫和甜姐。桌上，可以看见吃剩的菜肴，有一些菜、水果、干酪，酒杯里盛着匈牙利白葡萄酒。

丈夫吸着一支哈瓦那雪茄，靠着卧榻的一角。

甜姐坐在他旁边的一张软椅上，从一个杯子里用勺舀汤，非常舒服地，慢慢啜饮着。

丈夫 好吃吗？

甜姐 （仍旧在吃）噢！

丈夫 还要一道吗？

甜姐 不了，我已经吃得太多了。

丈夫　你已经没酒了。(给甜姐斟酒)

甜姐　别倒了……可您瞧,倒了我也是把它放在那儿。

丈夫　你又管我叫"您"了。

甜姐　是吗?您知道吗,一个人要养成习惯是很难的。

丈夫　你知道吗。

甜姐　知道什么呀?

丈夫　你知道吗,你应该说"你知道吗",而不该说"您知道吗",过来,坐到我身边来。

甜姐　就来,我还没吃完呢!

[丈夫站起来,站到甜姐的软椅后面,把她一把搂住,并且把她的头扳过来。

甜姐　怎么啦?怎么回事?

丈夫　我想吻你一下。

甜姐　(吻丈夫一下)您真是……哦,对不起,你真是个放肆的家伙。

丈夫　现在你才想到这点?

甜姐　啊,不,其实我早就想到这点了,在巷子里的时候我就想到了——您想必……

丈夫　你想必。

甜姐　你想必是在我身上打了好主意。

丈夫　为什么呢?

甜姐　因为我马上就跟您到这么个单间里来了。

丈夫　是啊,不过,不能说你是马上就来的。

甜姐　可是您真擅长苦苦哀求啊。

丈夫　你觉得是这样吗?

甜姐　话说到底,这又有什么呢?

丈夫　当然了。

甜姐　其实无论散步,还是……

丈夫　散步也太冷啊。

甜姐　当然散步太冷。

丈夫　这儿可是暖和得很舒服,是吗?(坐下,搂住甜姐,把她拉到身边来)

甜姐　(娇弱无力地)怎么啦?

丈夫　现在你倒说说,你从前已经注意到我了,是不是?

甜姐　那当然,在辛格尔大街我就注意到您了。

丈夫　我指的不是今天,前天、大前天我就已经盯上你啦。

甜姐　啊，盯我梢的人可多了。

丈夫　这我可以想象，可是你是不是注意到我了。

甜姐　您知道吗……啊，你知道吗，我前几天碰到了什么样的事儿？我有个表姐的丈夫在黑暗中盯我的梢，他竟没把我认出来。

丈夫　他跟你搭讪了吗？

甜姐　你想到哪儿去了？你以为，每个人都像你这样放肆？

丈夫　不过这样的事情也会发生的。

甜姐　当然会发生这样的事。

丈夫　那么，那么你怎么办呢？

甜姐　没什么可办的，我干脆就不搭理。

丈夫　嗯……可是你倒是搭理我了。

甜姐　你难道有些生气？

丈夫　（使劲儿地吻甜姐）你的嘴唇亲上去有一股甜汤的味道。

甜姐　啊，我这嘴唇天生就是甜的。

丈夫　很多人都这么说过？

甜姐　很多人都这么说过！不晓得你又胡思乱想些什么！

丈夫　好吧，你倒是老实说，到底有多少人已经吻过你这嘴唇啦?

甜姐 你都问我些什么呀? 要是我告诉你了,你也不会相信的!

丈夫 为什么不相信?

甜姐 那你猜猜看。

丈夫 好吧,那我就说——可是你不许生气。

甜姐 我干吗要生气呀?

丈夫 那我猜……二十个人。

甜姐 (从丈夫身上挣脱开)哼,你干吗不马上就猜一百个人呢?

丈夫 我不过是猜猜而已。

甜姐 那你可是猜得不怎么对。

丈夫 这么说,十个吧。

甜姐 (生气地)当然啰,一个在马路上被人家打招呼,而且马上就跟着人家到一间单间里来的女孩子,您是会这么猜她的!

丈夫 别这么孩子气,是在马路上四处乱跑还是坐在一间房间里不都是一回事吗……我们不是在饭店里吗,跑堂的随时都可能来。说实话,这真没什么。

甜姐　其实，我也是这么想的。

丈夫　你是不是已经在这么一间单间里待过？

甜姐　你要是让我说实话的话，我待过。

丈夫　你瞧，你至少很坦率，很诚实，我就喜欢这个。

甜姐　可是，你别又胡思乱想，我是跟一个女友和她的未婚夫一起在一间单间里待过。那是在今年的狂欢节。

丈夫　如果你跟你的情人一起在单间里待过，那也不是什么了不起的不幸的事情。

甜姐　当然不是什么不幸的事情，不过我没有情人。

丈夫　去你的吧。

甜姐　我凭良心说，没有情人。

丈夫　你总不至于想说服我，我……

甜姐　说服什么呢，我没有情人，我已经有半年多没有情人了。

丈夫　啊，原来这样，那么原先呢？谁是你从前的情人？

甜姐　您干吗这样好奇呀？

丈夫　因为我爱你，我才好奇。

甜姐　真的吗？

丈夫　当然，这你应该看出来了，那么告诉我吧。（把她紧紧地搂在怀里）

甜姐　你要我告诉你什么呢?

丈夫　你就别让我老求你啦,我想知道,究竟谁当过你的情人。

甜姐　(大笑)一个男人呗。

丈夫　那么,那么这男人是谁呀?

甜姐　看上去,就跟你差不多。

丈夫　是吗?

甜姐　你要是不那么像他。

丈夫　那又怎么样呢?

甜姐　好啦,你别再问了,你已经看见了。

丈夫　(明白了)所以我来打招呼,你才搭理我。

甜姐　就是这么回事。

丈夫　现在我可真的不知道,自己到底应该高兴,还是应该恼火。

甜姐　嗯,我要是处于你的位置,我就高兴。

丈夫　那好吧。

甜姐　就是在说话的时候,你也使我想起了他,瞧你看人的那副神气。

丈夫　他,是干什么的?

甜妞　不，那眼睛……

丈夫　他叫什么名字？

甜妞　不，你别这样看着我，我求你。

［丈夫搂住她，长久地、热烈地吻着她。

甜妞挣脱身子，想站起来。

丈夫　你干吗从我身边走开呀？

甜妞　是该回家的时候了。

丈夫　再待会儿吧。

甜妞　不，我真得回家了，你想，我妈会说什么。

丈夫　你跟你妈住在一起？

甜妞　当然跟我妈住在一起，你以为我跟谁住在一起？

丈夫　是吗，跟你妈住在一起，你是单独地跟她住在一起？

甜妞　当然单独地跟她住在一起，我们全家兄弟姐妹五个人。我有两个兄弟，还有两个姐妹。

丈夫　你就别坐得离我那么远，你是长女吗？

甜妞　不，我是老二。最大的是卡蒂，已经工作了，在一家花店里干活，接着才轮到我。

丈夫 你在哪儿干活？

甜姐 我在家里。

丈夫 总在家里？

甜姐 总得要有个女儿待在家里吧。

丈夫 那当然，是啊——那么如果你这么晚回家，你怎么跟你妈说呢？

甜姐 这样的事情很少发生。

丈夫 譬如说像今天这样，你妈总要问你的啰？

甜姐 她当然要问我。不管怎么注意，怎么小心，等我一回家她就醒了。

丈夫 那么，你跟她说什么呢？

甜姐 就说我在剧院看戏。

丈夫 她会相信这话吗？

甜姐 她干吗要不相信我呢？我常去剧院。星期天我还跟我的女友、她的未婚夫和我哥哥一起去歌剧院呢。

丈夫 你从哪儿弄来的票子？

甜姐 我哥哥是理发师！

丈夫 是啊，理发师，大概是剧院的理发师吧。

甜姐 你干吗这样盘问我呀?

丈夫 我对这个感兴趣。你另外一个兄弟是干什么的?

甜姐 他还在上学呢,他想做个教师,真是……想当这样的人。

丈夫 你还有一个妹妹吧。

甜姐 是的,她还是个毛丫头呢,不过,现在就得对她注意了,你能够想象吗,这些个小毛丫头在学校里都变坏了!你以为怎么着,前不久我碰见她,正在和人幽会呢!

丈夫 什么?

甜姐 是的,在晚上七点半的时候,她和对面学校的一个男孩,一起在斯特洛齐巷子散步呢!那浑小子!

丈夫 那你怎么对付他们的呢?

甜姐 她挨了我几下!

丈夫 你那么严厉?

甜姐 我不严,谁来严呢?姐姐在店里干活,妈妈成天只会怨天尤人,什么事都落到我的头上。

丈夫 天主呀,你真可爱。(亲吻甜姐,变得更加温存)你使我想到了一个人。

甜姐 是吗,想到了谁呀?

丈夫 不是想到一个具体的人，而是想到了往事，想到了我的青年时代。喝你的酒，我的心肝儿！

甜姐 是啊，你现在到底多大年纪？你……我连你叫什么名字都不知道。

丈夫 卡尔！

甜姐 你叫卡尔？这怎么可能！

丈夫 难道他也叫卡尔？

甜姐 不，不过这事简直是个奇迹……是啊，瞧这眼睛……这眼神……（说着摇摇头）

丈夫 他到底是谁，你还一直没有告诉我呢。

甜姐 他是个坏蛋，这点是肯定的，要不然他不会丢下我不管的。

丈夫 你曾经非常喜欢他吗？

甜姐 我当然喜欢过他。

丈夫 我知道他是谁，是个少尉吧。

甜姐 不，他不是当兵的，部队没要他，他爸爸有幢房子在……哎，你知道这些干吗呀？

丈夫 （吻她）你的眼睛其实是灰色的，我起先还以为，你的眼睛是黑色的呢。

甜姐　你是不是觉得我的眼睛不够漂亮？

［丈夫吻她的眼睛。

甜姐　别这样，别这样，这我受不了，啊，我求求你，天主啊……别这样，让我起来吧……就起来一会儿，我求你。

丈夫　（越来越温柔）啊，别起来。

甜姐　我求求你，卡尔。

丈夫　你多大了？十八岁了吧？是不是？

甜姐　早就十九了。

丈夫　十九……而我……

甜姐　你三十了……

丈夫　还过了几岁呢，咱们别谈这个了。

甜姐　在我认识他的时候，他也已经三十二岁了。

丈夫　这是什么时候的事儿呀？

甜姐　我也弄不清楚……你，你准在酒里放了什么东西。

丈夫　为什么？

甜姐　我觉得……你知道吗……我觉得天旋地转的。

丈夫　那你就紧紧地抱住我吧，像这样……（把她紧紧地搂在怀里，变得越来越温柔，甜姐也不挣扎）我的宝贝儿，我有件事要跟你说，我们现在真的可以走了。

甜姐　是的……回家去。

丈夫　不是马上回家。

甜姐　你这是什么意思？……啊，不，啊，不……我哪儿也不去，你净胡思乱想些什么呀……

丈夫　你现在仔细听我说，我的心肝儿，下一次我们碰头的时候，你知道吗，我们得这样安排一下……（跪到地上，头靠在甜姐怀里）这样很舒服，啊，这样很舒服。

甜姐　你在干什么呀？（吻丈夫的头发）……你呀，这酒里准放了什么药——我困极了……你呀，要是我永远也起不来了，会出什么事呀？可是，你瞧，卡尔……要是现在有人进来了，多不好……我求求你……那跑堂的。

丈夫　那跑堂的……这辈子……再也不会……进来了……

……

［甜姐闭着眼睛，靠着卧榻的一角。

丈夫点燃了一支香烟，然后，在这小房间里踱来踱去，沉默了好一会儿。

丈夫 （仔细看了一下甜姐，自言自语）谁知道，这姑娘到底是个什么样的人？真他妈的……那么快……我这样干，实在是很不谨慎……嗯……

甜姐 （眼睛也不睁开）在这酒里准有什么东西。

丈夫 为什么？

甜姐 要不然……

丈夫 干什么你把这一切都推在酒的身上？

甜姐 你在哪儿？为什么你站得那么远，到我这儿来呀！

［丈夫向她走去，坐下。

甜姐 现在你告诉我，你是不是真的喜欢我？

丈夫 这你不是知道吗……（很快地打住）当然。

甜姐 你知道吗？事情是……你把实话告诉我，酒里面到底有什么？

丈夫 哎呀，你不会以为我是一个……下药的人吧？

甜姐 你瞧，我简直都糊涂了，我原来可不是这样……我们从认识到现在，才……你啊，我不是这样的……凭着我的灵魂向天主起誓，你要是以为我是这样一个女人……

丈夫 哎呀，你都在瞎担心些什么呀，我一点儿也没有把你往坏里想。我相信，你是爱我的。

甜姐 是的……

丈夫 说到头来，要是两个年轻人单独待在一个房间里面，吃晚饭，喝酒，那么酒里就根本用不着，用不着有什么药。

甜姐 我也只不过是这么说说呀。

丈夫 那么为什么呢？

甜姐 （有点犟头倔脑地）我觉得怪害臊的。

丈夫 这真可笑，根本没有什么理由害臊嘛。我还让你想到了你的第一个情人，那你就更用不着害臊了。

甜姐 是的。

丈夫 想起了你的第一个情人……

甜姐 就这么说吧……

丈夫 现在我可很有兴趣，想知道你另外一些情人都是什么人。

甜姐 再也没有了。

丈夫 这不是真话，这不可能是真话。

甜姐 去你的，我求你，别审我了……

丈夫 你想抽支烟吗？

甜姐 不，谢谢。

丈夫 你知道，现在都几点了吗？

甜姐 几点？

丈夫 十一点半了。

甜姐 是吗？

丈夫 是啊，你妈妈怎么办？你这么晚回去，她早已习惯了，是吧？

甜姐 你难道真的现在就要把我打发回家了吗？

丈夫 是啊，你先前不是自己……

甜姐 去你的，你好像都变了一个人似的，我到底怎么得罪你了？

丈夫 心肝儿，你怎么啦，你想到哪儿去了？

甜姐 凭我的灵魂起誓，我全是冲着你的模样，要不然你且得求我呢……已经有许多人求我，要我跟他们一起开单间。

丈夫 你说，你愿意来吗……你愿意不久再跟我一起到这儿来吗……或者到别的什么地方去……

甜姐 我不知道。

丈夫 你不知道，这话又是什么意思？

甜姐 什么意思你还要问我？

丈夫 那么什么时候去呢？我只是想特别向你解释一下，我不住在维也纳，我只不过有时候到这儿来住几天。

甜姐 去你的吧，你不是维也纳人？

丈夫 我是维也纳人，不过我现在住在维也纳郊区……

甜姐 到底住哪儿呢？

丈夫 啊，天主啊，住哪儿不都一样。

甜姐 你别害怕，我不会去找你的。

丈夫 啊，天主啊，如果你喜欢的话，也可以去嘛，我住在格拉茨。

甜姐 真的住在那儿？

丈夫 是呀，这你又有什么好奇怪的？

甜姐 你是有家小的，是不是？

丈夫 （极惊讶地）是的，你怎么会想到这上头去的？

甜姐 我只不过有这种感觉。

丈夫 这难道一点儿也不使你感到不自在？

甜姐 当然，你要是个单身汉，我更加喜欢——可是，你现在已经是有妇之夫了。

丈夫 你倒是告诉我，你怎么会想到这上面去的？

甜姐 如果有人说他家不在维也纳，不是老有空……

丈夫 这样的情况也并不是非常不可能的呀。

甜姐 我根本就不相信。

丈夫 你勾引一个有妇之夫，让他做出了不忠于妻子的事情，难道一点儿也感觉不到良心的谴责吗？

甜姐 有什么好谴责的？你的老婆干的事肯定和你没什么两样。

丈夫 （愤怒地）你，我不许你说这样的话。

甜姐 我原来以为，你根本没有老婆。

丈夫 不管我有没有老婆，你都不能说这样的话。（站起身来）

甜姐 卡尔，卡尔，怎么啦？生气啦？瞧，我的确并不知道你已经结婚了，我只不过是信口胡说，别这样，来吧，消消气吧。

丈夫 （过了几秒钟，又走回甜姐这儿来）你们这些人的确是些怪物，你们这些……女人。（他又非常温柔地坐在她的身边）

甜姐 去你的……别这样，这会儿都已经那么晚了……

丈夫 好吧，现在你仔细听我说，咱们严肃地谈一谈，我想再跟你见面，常常跟你见面。

甜姐 是真的吗？

丈夫 非这样不可……但你的一举一动，我心里得有底，我得放心。我总不能眼睛老盯着你。

甜姐 啊，我会自己小心的。

丈夫 你呀，怎么说呢，说你没有经验，也不能这么说——但是，你年轻，而男人呢，一般说来，都是一些没有良心的家伙。

甜姐 哦！

丈夫 我说这话，并不仅仅指道德方面，好了，你肯定已经明白我的意思了。

甜姐 是啊，那你告诉我，你到底把我想成什么人了？

丈夫 嗯，如果你愿意爱我的话，只爱我一个人，那我们还是可以好好安排一下，虽说我通常是住在格拉茨的。这儿，随时随地都可能有人闯进来，这总不是一个合适的地方。

[甜姐紧紧地偎依着丈夫。

丈夫 下一次……我们到别的地方去相会，好吗？

甜姐 好吧。

丈夫 找一个没人干扰的地方。

甜姐 好吧。

丈夫 （热烈地拥抱她）其他的事情我们在回家的路上再谈。（站起身来，打开房门）堂倌，算账！

第七场

甜姐和诗人

[一间小房间，布置得舒适而又雅致，窗帘低垂，室内光线半明半暗，红色的帷幔毯，一张大写字桌上面散乱地放着纸张和书籍，靠墙有一架小钢琴。

甜姐、诗人刚一同走进屋来。诗人把门关上。

诗人 好了，我的宝贝儿。（吻甜姐）

甜姐 （戴着帽子，穿着大衣）啊！这儿可真美呀！就是什么也看不见。

诗人 你的眼睛得先习惯一下这种昏暗的环境。这双眼睛真叫迷人。（吻甜姐的眼睛）

甜姐 这迷人的眼睛可没有足够的时间来适应这昏暗的房间。

诗人 为什么呢？

甜姐 因为我只在这儿待一分钟。

诗人　把帽子脱了吧，好吗？

甜姐　就待这么一分钟还把帽子脱了？

诗人　（从她的帽子里取下发针，脱下帽子）宽宽大衣吧……

甜姐　你要干什么？我马上又得走呀。

诗人　可你得休息一会儿呀！我们已经走了三个钟头了。

甜姐　我们是乘车来的。

诗人　是的，来是乘车来的，可是在魏德林的小溪旁边，我们不是转了足足三个钟头了吗？你还是给我好好地坐下吧，我的心肝儿……你坐哪儿都行，就坐到写字台旁边来吧，噢，不，这儿不舒服，你还是坐在卧榻上吧，好，就这样。（把她按在卧榻上）如果你很累的话，你干脆就躺下，这样，（让她躺倒在榻上）这样，把你这小巧玲珑的头枕在软垫上。

甜姐　（笑）可是我一点儿也不累呀。

诗人　你只不过是自以为不累而已，好，就这样，你要是困，也可以睡觉，我会静静的，一点儿声也不出，而且，我还可以给你演奏一段催眠曲……我自己写的（走到小钢琴旁边）

甜姐　是你写的？

诗人 是的。

甜姐 罗伯特,我还以为,你是个博士呢。

诗人 为什么?我不是跟你说过了,我是个作家。

甜姐 作家不都是博士吗?

诗人 不,并不是所有的作家都是博士,譬如我就不是,可是你怎么会想到这上面去的?

甜姐 啊,因为你说,你弹的这曲子,是你自己写的。

诗人 是啊……说不定也不是我自己写的,这都无所谓嘛,是不是?其实究竟是谁写的,这不全都一样。要紧的是,曲子得美,对不对?

甜姐 那当然,曲子得好听,这是最主要的。

诗人 你明白吗,我是什么意思。

甜姐 什么呀?

诗人 我刚才说的话是什么意思。

甜姐 (瞌睡地)当然明白。

诗人 (站起来,走到甜姐身边,抚摸着她的头发)你呀,一句话也不明白。

甜姐 去你的吧,我可没那么傻。

诗人 你就是那么傻,可是正因为这个缘故,我才这么喜欢你。啊，如果你们都傻，那该多么美妙呀，我的意思是，像你这种傻法。

甜姐 去你的吧，你干吗骂我？

诗人 天使啊，我的小天使，躺在这软软的波斯绒毯上不是妙不可言吗？

甜姐 啊，是的。去吧，你干吗不继续弹钢琴呀？

诗人 不，我宁可待在你身边。（抚摸她）

甜姐 去你的，你最好把灯打开，好吗？

诗人 哦，不……这朦胧的光线让人多么舒服，我们今天一整天就好像在强烈的阳光下沐浴。现在，我们就好像是从浴池里爬出来……这朦胧的光线就好像是一件浴衣……（笑）啊，不，这句话得换一种说法……你不觉得吗？

甜姐 我不知道。

诗人 （从甜姐身边退开几步）啊，这傻劲儿，真是妙不可言。（拿出一个笔记本，在上面写了几个字）

甜姐 你在干什么呀？（转过头来看诗人）你记了些什么东西在上面？

诗人 （轻声地）阳光，沐浴，朦胧的光，浴衣……好……（把笔记本放回口袋，大声地）没什么……现在你倒说说，我的宝贝儿，你不想吃点儿什么，或者喝点儿什么吗？

甜姐 渴我可是一点儿也不渴，饿倒是有点儿饿了。

诗人 我更喜欢你渴了呢，因为屋里有甜酒，可是吃的东西我还得去取。

甜姐 你不能叫用人去拿吗？

诗人 这很困难呀，我的女用人现在已经不在这儿了，啊——你等等——我自己去取……你想吃什么呢？

甜姐 哎，其实你用不着再破费了，我反正就得回家了。

诗人 心肝儿，这可不行呀。我还有话要跟你说呢。咱们一起出去，到什么饭店去吃晚饭吧。

甜姐 啊，不，我可没这工夫。再说，我们上哪儿去呢？很可能有什么熟人会看见我们。

诗人 你难道有那么多熟人吗？

甜姐 只要有一个熟人看见我们，就算闯下大祸了。

诗人 闯什么祸呢？

甜姐 哼，要是我妈听到一点风声，你猜，会怎么着？

诗人 我们可以到一个谁也看不见我们的地方去，有些饭店里面有单间。

甜姐 （用唱歌的腔调）是呀，在单间进晚餐。

诗人 你是不是曾经在这么一间单间吃过饭呀？

甜姐 你要是让我说实话，吃过。

诗人 那个交好运的小子是谁呀？

甜姐 事情并不是像你想的那样，我是跟我的女友和她的未婚夫一起去的，是他们把我带去的。

诗人 是吗？你要我相信这话吗？

甜姐 你也用不着相信我呀！

诗人 （紧挨在她身边）你现在脸红了吧？可是什么也看不见，我连你脸上的轮廓都看不见。（用手摸一摸甜姐的脸）不过就是这样我也认出你的脸来了。

甜姐 不过，你小心，可别把我跟别的女人搞混了。

诗人 真奇怪，我已经想不起来你是什么模样了。

甜姐 谢天谢地。

诗人 （严肃地）我想象不出你的相貌来了，这简直叫人汗毛直竖——在某种意义上我已经把你给忘了——要是我连你的声音也想不起来了……那你究竟算是什么呢？你近在眼前，同时又远在天边……真叫人毛骨悚然。

甜姐 去你的，你在那儿说些什么呀？

诗人 没什么，我的天使，没什么，你的嘴唇在哪里……（吻她）

甜姐 你把灯点上好不好。

诗人 不……（温情脉脉地）你说，你爱我吗？

甜姐 很爱……啊，很爱你！

诗人 你曾经像爱我这样爱过别人吗？

甜姐 我不是跟你说过了吗——没有。

诗人 可是……（叹气）

甜姐 可那人是我的未婚夫呀。

诗人 我心里恨不得你现在不去想他。

甜姐 去你的……你在干什么呀……瞧……

诗人 我们现在也可以设想，我们是在印度的一座宫殿里。

甜姐 那儿的人肯定没有你这么坏。

诗人 多傻！妙不可言——啊，你想象不到你在我心目中占什么样的地位。

甜姐 是吗？

诗人 你别一个劲地把我推开呀；我——暂时——不会碰

你的。

甜姐 你瞧，这马甲把我勒疼了。

诗人 （口气干脆）把它脱了。

甜姐 好吧，我脱了它，你可不许使坏啊。

诗人 不会。

［甜姐站起身来，在黑暗中把马甲脱掉。

诗人 （甜姐脱马甲时，一直坐在卧榻上）你倒说说，我姓什么你真的一点儿也不感兴趣？

甜姐 是啊，你到底姓什么呀？

诗人 我最好还是不告诉你我姓什么，而是告诉你，我管我自己叫什么。

甜姐 这又有什么区别呢？

诗人 我是指，我当作家时用什么笔名。

甜姐 啊，原来写文章不是用真名实姓？

［诗人挨近她身边。

甜姐 啊……走开！……别这样……

诗人 啊，阵阵奇香扑鼻，多么温馨醉人。（吻她的胸脯）

甜姐 你把我衬衫都撕破了。

诗人 拿开，拿开……这一切全都是多余的累赘。

甜姐 啊，罗伯特！

诗人 现在请到我们印度的王宫里来吧。

甜姐 你先得告诉我，你是不是真的喜欢我。

诗人 我把你当作天仙一样地崇拜。（热烈地吻她）我崇拜你，我的宝贝儿，我的春天……我的……

甜姐 罗伯特……罗伯特……

……

诗人 这可真是天国的极乐啊，我管我自己叫……

甜姐 罗伯特，啊，我的罗伯特！

诗人 我叫我自己为彼比茨。

甜姐 为什么你管你自己叫彼比茨？

诗人 我不姓彼比茨，我只是这样叫我自己……说不定你还不知道这个名字吧？

甜姐　不知道。

诗人　你不知道彼比茨这个名字？啊，真是妙不可言，真的不知道？你只不过是嘴里说说，你知道这个名字，是不是？

甜姐　凭我的灵魂起誓，我从来也没有听到过这个名字。

诗人　你难道从来就没有去过剧院？

甜姐　去过，我前不久，才跟一个，你知道吗，才跟我女友的叔叔和女友一起看过歌剧《乡村骑士》呢。

诗人　啊，这么说，你从来没有去过宫廷剧院。

甜姐　我从来也没有拿到过那儿的赠券。

诗人　下次我给你送张票去。

甜姐　哦，好啊，你可别忘了！可是要看就得让我看开心的戏。

诗人　好吧……开心的戏……这么说伤心的戏，你是不愿意去看的，是吗？

甜姐　我不爱看。

诗人　即便是我写的戏，你也不爱看吗？

甜姐　去你的吧——你写的戏？你也给剧院写剧本？

诗人　请允许我把灯点一下。自从你做了我的情人之后，

我还没有看见过你呢——天使！（点燃一支蜡烛）

甜姐 去你的吧，我羞都羞死了，你至少给我一床毯子呀。

诗人 待会儿再给吧！（拿着蜡烛，走到甜姐身边，久久地观察着她）

甜姐 （用双手捂着脸）走开，罗伯特！

诗人 你真美，你真是美的化身，你甚至于是大自然，你是那神圣的单纯。

甜姐 哟，疼死啦，你把蜡烛油都滴到我身上了，瞧，你多不小心！

诗人 （把蜡烛拿开）你就是我长久以来寻找的天使。你爱的只是我，哪怕我是一个卖杂货的小贩，你也会爱我的。这真叫人心里舒服。我向你坦白，到此刻为止，我一直没有能够摆脱某种怀疑。老实说吧，你难道一点儿也没有想到我就是彼比茨吗？

甜姐 去你的吧，我真不知道你想要我怎么样，我根本就不认识什么彼比茨。

诗人 荣誉是什么！不，忘记我跟你说的话吧，甚至于忘记我告诉你的那个名字吧。我就是罗伯特。我愿意在你心里永远是罗伯特。我只不过开了一个玩笑而已。(轻松地)我并不是作家,我是一个小贩,晚上弹弹钢琴,为那些个民间歌手伴奏,伴奏。

甜姐 现在我可真给搞糊涂了。哦,瞧,看你的那副神气。怎么了,你到底怎么了?

诗人 非常奇怪,我还从来没有经历过这样的事情,我的宝贝儿,我简直都要落泪了。你深深地打动了我。让我们永远待在一起吧。我们要永远相爱,直到地老天荒。

甜姐 你,你是真的给那些民间歌手伴奏吗?

诗人 是的,可是你别再往下问了,如果你爱我,那你就干脆什么也别问。说吧,你能够完全自由自在几个礼拜吗?

甜姐 什么叫完全自由自在?

诗人 就是,离开你的家呀。

甜姐 那怎么行!我怎么能这样做!我妈妈会怎么说?再说,要是没有我在,家里的一切都会颠三倒四了。

诗人 我设想得非常美妙,和你一起,单独和你一起住在郊外的什么地方,完全与世隔绝,在森林里,在大自然里,生活几个礼拜。大自然……啊大自然……然后,有一天，我们就永别——彼此分手，也不知道各自都走向何方。

甜姐 现在你就已经谈到永别了！我还以为你是非常喜欢我的呢。

诗人 正因为这个缘故，（向她弯下身子，吻她的额头）你这甜美的人儿啊！

甜姐 快，使劲搂着我吧，我觉得很冷。

诗人 你现在该把衣服穿起来了，等一等，我再给你点几支蜡烛。

甜姐 （站起身来）别往我这儿看。

诗人 不看。（站在窗前）告诉我，我的心肝儿，你幸福吗？

甜姐 你这话什么意思？

诗人 我只不过笼统地问你，你是否觉得幸福？

甜姐 还可以更幸福一些。

诗人 你误会我的意思了。关于你家里的情况你已经向我谈得够多的了。我知道你不是金枝玉叶。我的意思是，你如果撇开这些不谈，如果你只是单纯地感觉到，你在生活，你觉得你在生活吗？

甜姐 去你的，你连梳子也没有？

诗人 （走到梳妆台前，递给她一把梳子，仔细看着甜姐）我的老天爷！你的模样多么迷人啊！

甜姐 啊……别这样。

诗人 你再待一会儿，再待一会儿，我去拿点儿什么来当夜宵……

甜姐 可是现在已经太晚了。

诗人 还不到九点呢。

甜姐 好啦！劳驾了！我可得赶快了。

诗人 那么我们什么时候再见面呢？

甜姐 你希望什么时候和我再见面呢？

诗人 明天。

甜姐 明天是个什么日子？

诗人 星期六。

甜姐 啊，那不行，我得和我妹妹一起到监护人那儿去。

诗人 那么星期天……嗯……星期天……星期天怎么样，现在我得向你解释一下——我不是彼比茨，可是彼比茨是我的朋友。我要把彼比茨介绍给你。星期天上演他的剧本。我要给你送张票去，散场以后到剧院去接你。你得告诉我，你是不是喜欢这个剧本，好吗?

甜姐 你说的这段彼比茨的故事,现在我可真给你搞糊涂了。

诗人 我得知道,你看了这出戏之后,有什么样的感觉,只有在这个时候,我才能够完全认识你。

甜姐 好吧……我准备好了。

诗人 走吧,我的宝贝儿!

[二人下。

第八场

诗人和女演员

[一家乡间旅馆的一间房间。这是一个春天的晚上。月亮悬挂在草地和小山上。窗户洞开。周遭一片寂静。诗人和女演员走进屋来。他们一进屋,诗人手里的灯就灭了。

诗　人　哦……

女演员　怎么啦?

诗　人　灯灭了,不过我们用不着灯了。瞧,挺亮的,妙极了!

[女演员突然在窗前跪下,双手合在 起。

诗　人　你怎么了?

[女演员沉默不语。

诗　人　（走到她身边）你在干什么呀？

女演员　（冒火地）你没看见，我在祷告？

诗　人　你相信天主？

女演员　当然，我又不是个恶棍。

诗　人　原来如此。

女演员　到我这儿来呀，跪在我旁边，你真的不能做一次祷告吗，不会有珍珠从你的王冠上掉下来的。

［诗人跪在她旁边，拥抱她。

女演员　好色鬼，（站起身来）你知道吧，我刚才在向谁祈祷？

诗　人　我估计是向天主祈祷吧。

女演员　（以极端讽刺的口气）没错！我刚才是在向你祈祷哪！

诗　人　那你刚才干吗朝窗户外面瞧呀？

女演员　你最好还是告诉我，你把我带到哪儿来了，你这个专门勾引女人的浪荡子！

诗　人　心肝儿，你都有些什么样的怪念头呀，你不是要到乡下来吗——那我就带你到这儿来了。

女演员 瞧，我说的不错吧？

诗　人 不错，这个地方的确是风光迷人呀。你想想看，离维也纳不过两小时的路程，就已经完全置身于清幽寂静的境地——瞧这周遭的环境！

女演员 什么？要是你碰巧真有那么三分才气的话，你在这儿没准儿能写点儿什么出来呢。

诗　人 你曾经到这儿来过吧？

女演员 我到这儿来过没有？哈！我在这儿住过好多年呢！

诗　人 跟谁住在一起？

女演员 当然是跟弗里茨。

诗　人 原来如此！

女演员 这个男人，我可真崇拜过他。

诗　人 这事你已经告诉过我了。

女演员 对不起——如果我使你感到厌烦的话，我也可以走呀。

诗　人 你使我感到厌烦？……你简直想象不到你对我意味着什么……你简直本身就是一个世界……你是天仙

般的人物，你是天才……你根本就是那神圣的单纯……是的，你……不过你现在可别谈弗里茨。

女演员 大概一阵心乱脱口而出……

诗　人 你能够认识到这一点，那很好。

女演员 过来，吻我一下。

［诗人吻她。

女演员 现在让我们互道晚安吧！再见，我的宝贝儿！

诗　人 你这是什么意思？

女演员 没什么，我要上床睡觉了。

诗　人 是啊，你要上床睡觉了，至于互道晚安……你叫我在哪儿过夜呢？

女演员 在这家旅馆里肯定还有许多房间。

诗　人 别的房间对我而言可是一点魅力也没有。现在，话说回来，我得点灯了，你说呢？

女演员 好吧。

诗　人 （点上床头柜上的灯）这房间多漂亮，这儿的人都非常虔诚，尽是圣像……在这些人当中度过一段时间，倒是非常有趣的……完全是另外一个天地，我们对其他的人知道得真是太少了。

女演员 别说些莫名其妙的话，最好还是把桌上的皮包递给我。

诗　人 给，我的唯一的女神！

［女演员从皮包里取出一张带着相框的小相片，把它放在床头柜上。

诗　人 这是什么呀？

女演员 这是圣母像。

诗　人 你老把圣母像带在身边？

女演员 她可是我的保护神呀。现在，你走吧，罗伯特。

诗　人 你这是开什么玩笑呀？你不要我帮你的忙了吗？

女演员 不，你现在得走了。

诗　人 那么你要我什么时候再来呢？

女演员 过十分钟吧。

诗　人 （吻她）再见。

女演员 你打算上哪儿去呀？

诗　人　我将在你的窗下走来走去，我非常喜欢夜里在露天下到处散步。在这种时候我有最好的灵感，尤其在你身边，就是说，对你的相思笼罩着我，飘然神游于你的艺术之中。

女演员　你说起话来像白痴一样……

诗　人　（痛苦地）有些女人也许会说我说话……像个诗人。

女演员　现在你该走了，不过千万别跟女招待胡来……

［诗人下。

女演员　（脱掉衣服，听见诗人从木梯上走下去，听见他的脚步声在窗下。脱完衣服，她就走到窗前俯身下望，诗人站在那里。她压低声音冲下面喊）来吧！

［诗人很快地上楼来，扑向女演员，这时候她已躺在床上，灭了灯。诗人把门关上。

女演员　好吧，现在你可以坐到我身边来，说点什么给我听。

诗　人　(坐到女演员的床上)要不要我把窗户关上？你不觉得冷吗？

女演员　啊，不冷。

诗　人　你要我跟你说点什么呀？

女演员　告诉我，此时此刻你究竟正对谁不忠呀？

诗　人　可惜我到现在还没有不忠呀。

女演员　那你就自我安慰，说我也欺骗了什么人就行了。

诗　人　这我倒可以想象。

女演员　你想是谁呀？

诗　人　啊，心肝儿，这我可真是一点儿也想不出呀。

女演员　那你猜吧。

诗　人　等一等，呀，欺骗了你的经理吧。

女演员　我亲爱的，我可不是合唱队里的歌手呀。

诗　人　嘿，我只不过是这么瞎想而已。

女演员　再猜一遍。

诗　人　那么说，你欺骗了你的同事……班诺……

女演员　哈！这个人根本就不喜欢女人……你难道不知道这个？这个人跟他的邮差搞同性恋。

诗　人　这可能吗！

女演员 你最好吻我一下！

［诗人拥抱她。

女演员 可是你在干什么呀？

诗　人 你别这么折磨我。

女演员 听着，罗伯特，我要给你一个建议，你躺到我身边来，上床来。

诗　人 接受你的建议！

女演员 快来，快来！

诗　人 是的……要是依着我的性子，我早就……你听见了吗。

女演员 听见什么？

诗　人 窗外蛐蛐儿在叫。

女演员 你大概发疯了吧，我的宝贝儿。这儿没有蛐蛐儿。

诗　人 可是你不是听见了吗。

女演员 好了，来吧，快来呀！

诗　人 我来了。（到女演员床上）

女演员 现在你乖乖地，安安分分地躺着……嘘……别动。

诗　人　好吧，你想出什么主意来了！

女演员　你大概很想和我有段风流韵事吧？

诗　人　这点你大概已经明白了吧。

女演员　是啊，很多人都想跟我风流一番。

诗　人　此时此刻，我成功的希望最大。这点大概不容置疑了吧。

女演员　那么来吧，我的蛐蛐儿，我将从现在起，管你叫蛐蛐儿。

诗　人　妙啊……

女演员　你说，我欺骗了谁？

诗　人　谁？莫非欺骗了我？

女演员　我的宝贝儿，你的精神可是很有毛病呀。

诗　人　要不然就欺骗了一个你自己从来也没有看见过的人，一个你不认识的人，一个上天为你指定而你永远也找不到的那个人……

女演员　我求你，别说得那么蠢，那么悬。

诗　人　……这事不是很奇怪吗……连你也撒……人家还得相信。不，还是别这么想吧。要是这么想你，那就意味着丑化了你……来吧，来吧——来吧……

……

女演员　这可是比演那些愚蠢已极的戏要美得多了……你觉得怎么样？

诗　人　我觉得，你有时候能去演一些像样的戏，那是很好的。

女演员　你这个傲气冲天的狂主，你大概指的又是你的那个剧本了吧？

诗　人　是的！

女演员　（严肃地）大概是一出绝妙的好戏吧。

诗　人　那可不是！

女演员　啊，你真是个伟大的天才呀，罗伯特！

诗　人　此时此刻，你其实可以告诉我，为什么你前天拒绝了我，其实你身上根本没有一点儿不舒服呀。

女演员　我就是要让你生生气。

诗　人　为什么呢？我又怎么招你惹你了？

女演员　因为你老是这么傲气十足的。

诗　人　怎么啦？

女演员　剧院里所有的人都觉得你狂气。

诗　人　是吗？

女演员　可是我跟他们说了，这个人可能有资格这么狂气。

诗　人　那么这些人怎么回答呢？

女演员　你要他们怎么回答我呢？我也没有跟任何人谈过呀。

诗　人　原来这样。

女演员　他们大家恨不得用毒药把我毒死呢。可是他们是不会得逞的。

诗　人　现在别想其他的人，还是为我们在一起而高兴吧。告诉我，你是爱我的。

女演员　你还要求进一步的证明吗？

诗　人　这事还根本不能算得到证明了呢。

女演员　妙极了！你还要什么证明呢！

诗　人　你用这种方法已经不晓得跟多少人证明过了这一点……你难道爱他们每一个吗？

女演员　啊，不！我爱的只有一个。

诗　人　（拥抱她）我的……

女演员　弗里茨。

诗　人　我叫罗伯特。如果你现在想到弗里茨，那么我对你来说，又算是什么呢？

女演员 你只不过是我一时的奇思怪想。

诗　人 我知道了这点，这很好。

女演员 你倒说说，你难道不为此而感到得意吗？

诗　人 是的，可是为什么我要得意呢？

女演员 我想，你是有理由感到得意的。

诗　人 啊，原来是为了这个缘故。

女演员 是的，就是为了这个缘故，我的脸色苍白的蛐蛐儿，你现在还嗞嗞叫吗？那些蛐蛐儿现在还在叫吗？

诗　人 不停地在叫，你难道没有听见？

女演员 我当然听见，不过那是青蛙在叫，我的心肝儿！

诗　人 你弄错了，青蛙的叫法是呱呱呱。

女演员 他们是在呱——呱——呱地叫呀。

诗　人 可是不是在这儿，我的心肝儿，这儿是嗞嗞嗞地在叫呀。

女演员 你大概是我碰到过的最顽固的人了。吻我一下吧，我的青蛙！

诗　人 我请你别这么叫我，这会使我烦躁不安的。

女演员 那么你要我管你叫什么呢？

诗　人　我不是有个名字吗：罗伯特。

女演员　啊，这太傻了。

诗　人　可是我求你，干脆就叫我的名字吧。

女演员　好吧，罗伯特，吻我一下……啊！（吻诗人）你现在满意了吗，青蛙！哈，哈哈，哈哈哈。

诗　人　你允许我点支烟吗？

女演员　也给我一支吧。

［诗人从床头柜里拿出一个香烟盒，取出两支香烟，把它们都点燃，递一支给女演员。

女演员　话说回来，你对我昨天演出的成绩还一句话都没说过呢。

诗　人　什么成绩？

女演员　就是……

诗　人　啊，原来如此，我昨天没在剧院里。

女演员　你真喜欢开玩笑。

诗　人　一点儿也没这意思。你前天拒绝来看我，我就估计，你昨天登台也不会精力充沛，所以我宁可放弃看你这场演出。

女演员 你可是错过了一场精彩演出呀。

诗　人 是吗。

女演员 效果空前,观众的脸色都变了。

诗　人 你看清楚了吗?

女演员 班诺对我说:心肝儿,你演得简直像个天仙。

诗　人 哼……前天还病成那个样子。

女演员 是的,我是病了。可是你知道为什么吗?因为想你害的相思病。

诗　人 你刚才对我说过,你是为了让我生气,才拒绝来看我。

女演员 关于我对你的爱你都知道些什么呀。你对这一切都是那么冷淡,我已经接连几夜发着高烧躺在床上,四十度哪!

诗　人 发个脾气就四十度倒是够高的。

女演员 你管这个叫作发个脾气?我爱你都爱得快死了,你还管这个叫发个脾气……

诗　人 那么弗里茨呢?

女演员 弗里茨?……那个苦役犯——别再跟我谈他!

第九场

女演员和伯爵

［女演员的卧室，布置得富丽堂皇。中午十二点，百叶窗还关着。床头柜上点着一支蜡烛，女演员还躺在她那装着华盖的床上，被子上面放着许多报纸。

伯爵身穿龙骑兵上尉的军装，走进屋来，在门口站住。

女演员 啊，伯爵先生。

伯　爵 令堂大人允许我进来，不然我是不会……

女演员 请吧，请您走过来吧。

伯　爵 您好。对不起——从街上走进来，简直什么都看不见，是啊……这样我们就……（站在床前）您好。

女演员 请坐，伯爵先生。

伯　爵 令堂大人告诉我，小姐身感不适……但愿不是什么严重的病症。

女演员 不是什么严重的病？我都快死了！

伯　爵　我的天呀，这怎么可能呢？

女演员　反正您费心来看我，可真是太客气了。

伯　爵　都快死了！可您昨天晚上演戏时，还活像个天仙呢。

女演员　大概是一次巨大的成功吧。

伯　爵　空前的成功！……观众全都给您迷住了。至于我自己就更不用说了。

女演员　谢谢您送的美丽的鲜花。

伯　爵　哪里，哪里，小姐。

女演员　（眼睛望了望那个放在窗前小桌上的大花篮）您的鲜花都在那儿。

伯　爵　您昨天简直被鲜花和花环给盖住了。

女演员　那些个花现在还全都放在我的更衣室里呢。只有您的花篮，我带回家来了。

伯　爵　（吻她的手）您太客气了。

［女演员突然握住伯爵的手，吻了一下。

伯　爵　啊，小姐。

女演员　伯爵先生，您不必吃惊。这不需要您承担什么义务的。

伯　爵　您真是一个奇怪的女人。简直可以说像谜一样神秘莫测……（停顿）

女演员　毕尔肯小姐大概是个比较容易猜透的谜吧。

伯　爵　是的，毕尔肯这小东西并不复杂，虽说我对她的了解也仅仅限于表面。

女演员　哈！

伯　爵　您可以相信我，不过您确实非常复杂。我一直渴望着参透您这个谜，我过去真是错过了很大的享受。昨天晚上……我还是第一次看您的演出。

女演员　这怎么可能？

伯　爵　是的。您瞧，小姐，上剧院看戏可真难办，因为我惯常很晚才吃晚饭，所以等我赶到剧院，最精彩的部分已经演完，难道不是这样吗？

女演员　那您应该从现在开始早点吃饭呀！

伯　爵　是的，我也已经想到这点了，或者干脆什么也不吃。吃晚饭也的确不是什么享受。

女演员　那么您这个年纪轻轻的老先生到底还有什么别的

娱乐呢？

伯　爵　有时候我自己也这样问我自己。不过我并不是老先生，想必另有原因。

女演员　那您认为是……

伯　爵　是的，譬如卢卢就说过我是个哲学家。您知道吗，小姐，他认为我思虑过多。

女演员　是的，思虑，这是一个不幸。

伯　爵　我时间太多，所以我总要苦思冥想。小姐，您瞧，我想过了，如果把我调到维也纳去，那就更好了。在维也纳散心解闷、给人启发的事多得很，不过归根到底和在外地也没什么两样。

女演员　您说的外地在什么地方呢？

伯　爵　外地就是外地，您知道吗，小姐。在匈牙利[①]，在那些穷乡僻壤。大多数情况下我驻扎在那种地方。

女演员　您在匈牙利都干些什么啊！

伯　爵　就像我说的，小姐，我在那儿服役啊！

女演员　是啊！您干吗在匈牙利待那么长时间呢？

---

① 当时匈牙利为奥匈帝国的一部分。

伯　爵　不知不觉就过来了。

女演员　这简直会叫人发疯的。

伯　爵　为什么要发疯呢？其实要干的事在那儿比在这儿多。您知道吗，小姐，培训新兵啊，训练新马啊……再说这些地方也并不像人们说的那么差。有些东西非常之美好。譬如，那一望无际的平原，落日夕照，可惜我不是画家。有时候我想过，如果我是个画家，定要挥毫作画。在我们团里曾经有过一个画家，一个小伙子叫斯伯拉尼，他能画画。哎呀，我都在跟您说些什么无聊的事情啊，小姐。

女演员　别这么说，我听了简直高兴极了。

伯　爵　您知道吗，小姐，和您聊天真叫痛快！卢卢已经跟我说过了。这种机会不可多得。

女演员　那当然，在匈牙利很少有这样的机会。

伯　爵　可是在维也纳也一样。什么地方的人都是一样的，哪儿人多就挤得厉害点儿，这就是全部差别。请您告诉我，小姐，您喜欢人吗？

女演员　喜欢人？我恨人，我见不到人，我也从来没有看见过什么人，我总是独自一人，没人跨进这所房子。

伯　爵　您瞧，我就想到这点了。您其实是一个仇恨人的女人，从事艺术想必常会发生这样的事情。如果在那种崇高的境界里遨游……咳，您日子过得很不错啊！您至少知道，您为什么而活着。

女演员　谁跟您说的，我根本不知道我干吗活着。

伯　爵　您别这么说，小姐。您名扬四海，备受赞扬。

女演员　难道说这是幸福吗？

伯　爵　幸福，请您听我说，小姐，幸福是没有的。大家说得最热闹的事情，恰好是没有的。譬如说爱情，情况也是如此。

女演员　这点您可真是说对了。

伯　爵　无非是享受，无非是陶醉，那好吧！这就没什么可说的了。这是有把握的。现在我在享受，好，那我知道我在享受，或者说我现在陶醉了，那很妙啊。这也是有把握的。事情过去了，那也就过去了。

女演员　（神情庄重地）事情过去了。

伯　爵　可是，一旦你不……我该怎么说才好呢？一旦你不陶醉于眼前这一瞬间，那么或早或晚都会想到……呐，一切都一样。晚些想到……是悲哀的，早些又没有把握。简而言之……你只会弄得晕头晕脑，我说得对吗？

女演员 （睁大眼睛，频频点头）您可真是理解了人生的真谛。

伯　爵 您瞧，小姐，要是一旦理解了这一层，那么究竟是在维也纳生活，还是在普斯塔、施泰纳曼格生活岂不全都一样？您瞧，譬如说……哪儿可以放我的帽子？好，谢谢。我们刚才都在谈什么来着？

女演员 谈施泰纳曼格。

伯　爵 对对。就像我讲的，差别并不大。晚上坐在军官食堂里还是待在俱乐部里，还不都是一回事！

女演员 这和爱情有什么关系呢？

伯　爵 如果相信爱情，那么总有一个情人在那儿爱你。

女演员 譬如毕尔肯小姐。

伯　爵 我真不明白，小姐，您干吗老是谈起毕尔肯这小妞啊？

女演员 她不是您的相好吗？

伯　爵 这是谁说的？

女演员　这事人人皆知啊!

伯　爵　就我不知道,这可真奇怪。

女演员　您不是为了她的缘故和人家决斗的吗?

伯　爵　说不定我都被人家打死了,自己还不觉得呢。

女演员　好吧,伯爵先生,您是位绅士,请您坐过来点。

伯　爵　我坐在这儿挺方便。

女演员　坐这儿来。(把伯爵拉到身边,用手抚弄他的头发)我知道您今天会来的。

伯　爵　那为什么?

女演员　我昨天在剧院里就知道了。

伯　爵　难道您从舞台上就已经看见我了吗?

女演员　您这个人啊!您难道没有发现我只是为您在那儿演戏吗?

伯　爵　这怎么可能呢?

女演员　看见您坐在第一排,我在台上就像飞了起来。

伯　爵　飞起来,为了我的缘故?我没有想到您注意到了我。

女演员　您那高雅的气派,简直使人着迷。

伯　爵　啊,小姐。

女演员　“啊，小姐！”您至少把您的佩剑解下来啊！

伯　爵　如果您允许的话。（解下佩剑，把它靠在床边）

女演员　你倒是吻我一下啊！

［伯爵吻她。她把伯爵紧紧搂住。

女演员　其实，我宁可从来也没有看见过你。

伯　爵　是的，这样更好。

女演员　伯爵先生，您真会装腔作势。

伯　爵　我——为什么？

女演员　您怎么想的？有些人要是能处在您的地位，会觉得多么幸福。

伯　爵　我非常幸福啊！

女演员　不过，我原来以为根本就没有幸福。你是用什么眼光在看着我呀？我觉得您怕我，是吗，伯爵先生？

伯　爵　我已经说过了，小姐，您是一个谜。

女演员　唉！你就别拿哲学来搅得我心烦了……到我这儿来吧！你现在就向我提出什么要求吧……你要什

么，都能得到。你实在太英俊了。

伯　爵　那么我就请求您允许我，（吻她的手）允许我今天晚上还能再来看您。

女演员　今天晚上，我要演出啊！

伯　爵　演出以后。

女演员　除此以外，你不要求什么别的东西？

伯　爵　别的东西都等演出以后我再要求吧！

女演员　（生气地）那你就没完没了地求吧，你这个可怜的装腔作势的家伙。

伯　爵　是啊！您瞧，噢，你瞧，我们谈到现在，相互开诚布公！我觉得在晚上演出结束后这么谈心要比现在美好得多，舒服得多……现在我总觉得这扇门好像随时都会打开似的。

女演员　这扇门从外面是打不开的。

伯　爵　你瞧，有些事情以后有可能会变得非常美好，我觉得不要一开头就非常轻率地把它破坏掉。

女演员　有可能……

伯　爵　要我实说，那我觉得在早晨寻欢作乐是非常令人讨厌的。

女演员　唉！我碰到过的人里面，你大概是精神最不正常的了。

伯　爵　我不谈随便哪个女人……其实一般说来，也全都一样。不过像你这样的女人……不，你可以千百次地管我叫傻瓜。不过像你这样的女人……是不能在早饭前就据为己有的，所以……你明白吗？……所以……

女演员　天主啊！你可真叫可爱啊！

伯　爵　现在你明白我说的话了吧，是不是？我把事情设想成这样……

女演员　嗯，你把它设想成什么样子？

伯　爵　我想……在你演出以后，我在一辆马车里等你，然后我们一起驱车前往什么地方去进晚餐。

女演员　我可不是毕尔肯小姐。

伯　爵　这话我可没说啊！我只是觉得干什么事情都要有情绪。我总是在吃晚饭的时候才来情绪。最最妙不可言是吃了晚饭一起回家，然后……

女演员　然后什么呢？

伯　爵　然后……可就要看事态的发展了。

女演员 你再坐过来一点，近一点。

伯　爵 （在床上坐下）嗯，我可不得不说，从你的软垫子里发出一股香味儿……木樨草的香味儿，是不是？

女演员 这儿很热，你不觉得吗？

［伯爵低下头去吻她的脖子。

女演员 啊，伯爵先生，这可违背您的纲领。

伯　爵 这话是谁说的？我可没有什么纲领。

［女演员把他拉到自己身边。

伯　爵 的确很热。

女演员 你也觉得热是吗？而且黑得要命，就跟晚上一样。（把伯爵紧紧地搂在怀里）这是晚上，这是夜里，如果你嫌太亮，就把眼睛闭上。来吧，来吧。

［伯爵不再挣扎。

……

女演员　怎么样？现在的情绪如何，你这个装腔作势的家伙。

伯　爵　你是个小魔鬼。

女演员　这是什么话啊？

伯　爵　那好吧！你是个天使。

女演员　你其实该去当演员，真的，你了解女人！你知道吗，我现在要做什么？

伯　爵　做什么呀？

女演员　我要对你说，我永远也不愿意再看见你了。

伯　爵　为什么呢？

女演员　不，不。你对我来说实在太危险了！你让女人发疯，现在你突然站在我的面前，就像什么事也没发生似的。

伯　爵　可是……

女演员　我请你回忆一下，伯爵先生，我刚才成了你的情妇。

伯　爵　这事我永远也不会忘记的。

女演员　那么今天晚上怎么样呢？

伯　爵　你这话什么意思。

女演员　你瞧，你不是想在剧院散场后等我吗？

伯　爵　是啊！那好吧！譬如说后天……

女演员　这什么意思，后天？刚才不是说今天吗？

伯　爵　这就没有什么意思了。

女演员　你这个老家伙。

伯　爵　你没有真正理解我，我的意思要更深一层，这事有关人的灵魂，我该怎么跟你说呢？

女演员　你的灵魂跟我有什么关系？

伯　爵　请你相信我。灵魂和这件事情有关；有人居然能把灵魂和爱情分割开来，我认为，这是一种错误观念。

女演员　请你别谈你的哲学，让我安静一会儿吧！如果我要想知道哲学，那我会去念书。

伯　爵　从书本里，是永远学不到东西的。

女演员　这可是真的！所以你今天晚上得等着我，为了灵魂的缘故，我们就要结合起来，你这个坏蛋。

伯　爵　如果你允许的话，我就用我的马车……

女演员　你就在这儿，在我的家里等着我。

伯　爵　……散场以后。

女演员　当然。

［伯爵系上佩刀。

女演员　你在那儿干吗？

伯　爵　我想我该走了，是时候了。其实，作为礼节性的访问，我在这儿待的时间已经稍稍长了一点。

女演员　那好吧！今天晚上别再作礼节性的访问了。

伯　爵　你这样认为吗？

女演员　就让我来安排吧！现在再吻我一下，我的小哲学家。好，你这个勾引女人的能手……甜蜜的心肝，你这个出卖灵魂的家伙，你这个黄鼠狼……你……（使劲吻了伯爵几下之后，猛地一下把他推开）伯爵先生，这对我来说是个莫大的荣幸。

伯　爵　向您致意，小姐。（在门口）再见。

女演员　回头见，施泰纳曼格人。

第十场

伯爵和妓女

［早晨，将近六点钟。

一间寒碜的房间，只有一扇窗，肮脏泛黄的百叶窗放下来。破破烂烂的暗绿色窗帘。一只五斗柜，上面放着几张照片，还有一顶俗不可耐的廉价女帽。镜子后面插着几把便宜的日本扇子。桌上铺着一块发红的桌布，上面放着一盏煤油灯，冒着淡淡的煤烟。黄纸的灯罩，旁边有个啤酒杯，里面还剩了点啤酒。一只喝了一半的酒瓶。床边的地上散乱地放着女人的衣服，就像匆忙地扔在那儿似的。妓女在床上熟睡，她的呼吸非常平稳。卧榻上躺着伯爵，全身穿戴得整整齐齐，披着龙骑兵的大氅。帽子掉在地上，靠近卧榻的枕头边。

伯爵　（动了一动，揉揉眼睛，迅速翻身坐起，坐在榻上，环顾四周）啊！我怎么会……啊，原来如此……这么说，我是真的跟那个娘儿们一起到她家里来了。（迅速地站了起来，看见妓女的床）她就躺在那儿……唉！在我这年龄还会交这种桃花运！我记不清了，是他们把我抬上来的吧？不……我想起来了，我走进房来……是的，那时我还头脑清醒，或者说我醒过来了，还是说，还是说这个房间让我想起了什么？……凭我的灵魂起誓。啊呀！我昨天才见到她。（看了一下手表）什么？昨天！几个钟头前！可是我当时已经知道准会发生什么事情的……这点我已经感觉到了……昨天刚开始喝酒的时候，我就觉得……那么，发生什么事情了呢？……什么也没发生……还是说已经……凭我的灵魂起誓……十年来……可不是，十年来我还从来没碰到过这样的事情，我竟然不知道……简而言之吧！我真是喝得烂醉如泥啊！要是我能知道，从什么时候开始……我还记得很清楚，我和卢卢一起走进那家妓女们聚集的咖啡馆……不对，不对……我们刚从沙赫尔点心铺出来……然后在路上，是的，是的，我是坐着我的马车和卢卢一起……我干吗绞尽脑汁地苦思冥想啊！有什么大不了的！让我们看看下一步怎么走。（站起来，油灯直晃）唷！（看一看睡着的女人）她倒是睡得挺香啊！虽说昨晚的事我什么也不知道，但还是在她的梳妆匣里放点钱吧，再见！（站在妓女的床前，久久地端详着她）要是不知道她是什么人就好了。（久久地观察她）我认识的女人不少，她们就是在睡觉的时候也没有这种贞静高洁的神气。凭我的灵魂起誓……卢卢又要说我在进行哲学思考了。不过我觉得睡眠对人一律平等，这话一点不假。就像睡眠的兄弟死亡一样，死亡也是一视同仁……嗯，我只想知道，是不是……别想了，干吗非得去想这件事情……不，不，我是马上就倒在卧榻上的……什么事情也没有发生……有时候所有的女人看上去都差不多，这可真是难以置信……好吧！咱们走吧！（准备走了）啊，对了。（掏出钱包正打算从钱包里拿出一张钞票）

妓女　（醒来）啊……谁这么一大清早？（认出伯爵来）你好啊，心肝！

伯爵　早晨好！睡得好吗？

妓女　（伸伸懒腰）啊，过来，亲亲我。

伯爵　（向妓女弯下腰，考虑了一下，又退了回去）啊，我正打算要走呢……

妓女　走？

伯爵　的确到了非走不可的时候了。

妓女　这么说，你想走了？

伯爵　（简直有点尴尬）那……

妓女　那好吧！再见，下次再来吧。

伯爵　是的，再见。你不想跟我握握手吗？

［妓女从被子里伸出手来。

伯爵　（握住她的手，机械地吻了一下，注意到这点，笑了起来）活像一位公主。话说回来，如果只……

妓女　你干吗这样看着我啊？

伯爵　如果只看见你这小巧玲珑的脑袋，就像现在这样……每个女人醒过来的时候看上去可都是纯洁无邪的，凭我的灵魂起誓，如果这屋子里煤油味儿不那么浓，简直可以引起无限遐想。

妓女　是啊,煤油灯老出毛病。

伯爵　你到底多大了?

妓女　那,你看多大?

伯爵　二十四岁。

妓女　那还用说。

伯爵　不止二十四岁了吗?

妓女　我快二十了。

伯爵　你干了……多久了?

妓女　我干这行已经一年了。

伯爵　那你可是出道很早啊。

妓女　宁可太早也别太晚。

伯爵　(坐在床上)你倒跟我说说,你觉得幸福吗?

妓女　什么?

伯爵　我是说,你日子过得好吗?

妓女　噢!好歹还行。

伯爵　是吗……那么,你难道从来没想过自己也有可能变成另外一种人。

妓女　你叫我变成什么人呢?

伯爵　这么说吧,你不是的确长得挺漂亮吗?譬如说,你总可以找个情人吧?

妓女 你也许认为我没有情人吧?

伯爵 是啊! 这我知道——不过我指的是一个,你有这样一个情人,他供养你,你就用不着谁要你你就跟谁。

妓女 我也并没有谁要我我就跟谁啊! 谢天谢地,我用不着这样做,我是有选择的。

[伯爵环顾四周。

妓女 (注意到这点)下个月我们就搬进城去住,在镜子巷子。

伯爵 我们? 除了你还有谁?

妓女 瞧,那个女人和另外几个姑娘,她们也都住在这儿。

伯爵 这儿还住着几个这样的……

妓女 隔壁屋里……你没听见……这是蜜丽,她昨儿晚上也在咖啡馆里。

伯爵 有什么人在那儿打呼。

妓女 那就是蜜丽,她在打呼,打一整天,一直打到夜里十点。然后,她就起来,到咖啡馆去。

伯爵 这样的生活,简直叫人不寒而栗。

妓女 那当然,女人也够苦的。中午十二点我已经在巷子里了。

伯爵 你十二点在巷子里干什么呢?

妓女 我又能干什么呢?我去接客人呀。

伯爵 啊,这样……那当然……(站起来,掏出皮夹,把一张钞票放在梳妆匣上)再见!

妓女 你这就走了……再见吧……有空再来。(侧着身子躺下)

伯爵 (又站住)你倒说说,你什么都无所谓了,是不是?

妓女 什么呀?

伯爵 我是说,这一行再也提不起你的兴致了吧?

妓女 (打个哈欠)我想睡觉。

伯爵 什么样的客人,你都无所谓,管他年轻,还是年老,管他……

妓女 你问什么呀?

伯爵 是这样……(突然想到什么)凭我的灵魂起誓,现在我知道,你让我想起谁了,这是……

妓女 我长得像谁吗?

伯爵 难以想象，难以想象，现在我请你什么话也不要说，至少一分钟，什么话也不要说……（凝视着妓女）这脸长得一模一样，一模一样。（突然吻妓女的眼睛）

妓女 怎么啦……

伯爵 凭我的灵魂起誓，真可惜，你干了这一行，要不然，你真会交上好运。

妓女 你真跟弗朗茨一样。

伯爵 弗朗茨是谁？

妓女 就是我们咖啡馆的侍者……

伯爵 怎么我会像这个弗朗茨呢？

妓女 他也老是说，我会交好运，要我跟他结婚。

伯爵 那你为什么不跟他结婚呢？

妓女 我谢谢了……我不愿意结婚，不，无论如何都不结婚，说不定以后会结婚。

伯爵 这双眼睛……就是这双眼睛，卢卢肯定又要说我是个傻瓜——可是我还想再亲亲你的眼睛……好……现在，再见了，现在我要走了。

妓女 再见……

伯爵 （站在门口）你……说吧……你不感到奇怪吗？

妓女　奇怪什么呀?

伯爵　我竟然一点儿也没有打你的主意。

妓女　有许多男人,在大清早没有情绪。

伯爵　那好吧……(自言自语)真蠢,我竟然希望,她会对此感到奇怪……那就再见了……(站在门口)其实,我心里很恼火,我明明知道,这种女人眼睛里只有钱……我说什么来着——这种女人……好,好在她至少不装假,这应该叫人高兴才对,你……也知道,我改天还会来看你的。

妓女　(闭着眼睛)好吧。

伯爵　你什么时候在家呀?

妓女　我成天在家,你只要打听莱阿卡齐娅就行了。

伯爵　莱阿卡齐娅……妙呀。好吧,再见了。(在门口)我脑袋里面始终酒意未消,这可是最荒唐的事了……我在这样一个女人身边,除了吻她的眼睛,什么事儿也没干,就因为她使我想起了一个什么人。(转过身来,对妓女)莱阿卡齐娅,客人这样从你身边走开,这种事情你常常碰见吗?

妓女　怎么走开啊?

伯爵　像我这样。

妓女　一大清早？

伯爵　不……是不是有时候，什么人在你身边，却并不想对你提出什么要求？

妓女　不，这样的事情我还从来没有碰到过。

伯爵　那么，你怎么看？你是不是认为我不喜欢你。

妓女　你怎么会不喜欢我呢？昨天夜里你就已经喜欢过我了。

伯爵　就是现在，我也喜欢你呀。

妓女　不过在夜里你更加喜欢我。

伯爵　为什么你会这样认为？

妓女　你干吗问这样傻的问题？

伯爵　昨天夜里……你倒说说看，我是不是马上就倒在卧榻上了？

妓女　那当然……和我一起倒在卧榻上。

伯爵　跟你一起？

妓女　可不，难道你不知道这事？

伯爵　我……我们一起……是呀……

妓女　可是，你马上就睡着了。

伯爵 我马上就……这么说……事情是这样……

妓女 是呀，心肝，你醉得像摊泥，什么都记不得了。

伯爵 是啊……可是……朦朦胧胧地，有点印象，再见。(侧耳倾听)出什么事了？

妓女 打扫房间的使女已经起来了，去吧，出去的时候，给她点小费，门也开了，用不着找看门的了。

伯爵 是的。(在前屋)这么说……要是我只不过吻了吻她的眼睛，那也是件快事，差点变成一次艳遇……可是命中注定我没这艳福。

[打扫房间的使女站在那里，打开房门。

啊——这给您……晚安——

使女 早安。

伯爵 那当然，早安，早安。

幕落

图书在版编目(CIP)数据

轮舞/(奥)施尼茨勒著;张玉书译. —上海:
上海译文出版社,2016.3
ISBN 978-7-5327-7086-1

Ⅰ.①轮… Ⅱ.①施… ②张… Ⅲ.①话剧剧本—奥
地利—现代 Ⅳ.①I521.35

中国版本图书馆CIP数据核字(2015)第244798号

Arthur Schnitzler
Reigen

轮舞
Reigen

ARTHUR SCHNITZLER
阿尔图尔·施尼茨勒 著
张玉书 译

出版统筹 赵武平
责任编辑 李月敏 张 鑫
装帧设计 张 胜

上海世纪出版股份有限公司
译文出版社出版
网址:www.yiwen.com.cn
上海世纪出版股份有限公司发行中心发行
200001 上海市福建中路193号 www.ewen.co
上海文艺大一印刷有限公司印刷

开本 850×1168 1/32 印张 5 插页 6 字数 37,000
2016年3月第1版 2016年3月第1次印刷

ISBN 978-7-5327-7086-1/I·4289
定价:32.00元

ISBN 978-7-5327-7086-1

9 787532 770861 >